www.ingramcontent.com/pod-product-compliance
Lightning Source LLC
LaVergne TN
LVHW011948070526
838202LV00054B/4849
* 9 7 8 8 1 1 9 0 2 2 7 0 0 *

ستاروں کے قیدی

(بچوں کا سائنسی ناول)

مصنف:

ظفر پیامی

© Taemeer Publications

Sitaron ke Qaidi *(Kids Novel)*
by: Zafar Payami
Edition: May '2023
Publisher & Printer:
Taemeer Publications, Hyderabad.

ISBN 978-81-19022-70-0

مصنف یاناشر کی پیشگی اجازت کے بغیر اس کتاب کا کوئی بھی حصہ کسی بھی شکل میں بشمول ویب سائٹ پر اَپ لوڈنگ کے لیے استعمال نہ کیا جائے۔ نیز اس کتاب پر کسی بھی قسم کے تنازع کو نمٹانے کا اختیار صرف حیدرآباد (تلنگانہ) کی عدلیہ کو ہو گا۔

© تعمیر پبلی کیشنز

کتاب	:	**ستاروں کے قیدی** (بچوں کا سائنسی ناول)
مصنف	:	**ظفر پیامی**
صنف	:	ادب اطفال
ناشر	:	تعمیر پبلی کیشنز (حیدرآباد، انڈیا)
زیر اہتمام	:	تعمیر ویب ڈیولپمنٹ، حیدرآباد
سالِ اشاعت	:	۲۰۲۳ء
تعداد	:	(پرنٹ آن ڈیمانڈ)
طابع	:	تعمیر پبلی کیشنز، حیدرآباد - ۲۴
صفحات	:	۱۴۴
سرورق ڈیزائن	:	تعمیر ویب ڈیزائن

دو ننھے بھائی بہن

غلطی سے ایک راکٹ میں بیٹھ کر

اُڑ جاتے ہیں،

مرّیخ اور دوسرے ستاروں کی سیر کرتے ہوئے

سو سال بعد دنیا واپس آتے ہیں۔

سو سال بعد کی دنیا ستاروں سے بھی

انوکھی ہے۔

تعارف

یہ حقیقت ہے کہ اردو زبان بچوں کے ادب سے مالامال ہے۔ اردو میں بچوں کے لیے سائنسی ادب بھی بہت لکھا گیا ہے۔ کرشن چندر کے ناول "ستاروں کی سیر" اور "الٹا درخت"، قرۃ العین حیدر کا ترجمہ شدہ ناول "جِن حسن عبدالرحمن"، پرکاش پنڈت کا ناول "چاند کی چوری"، ظفر پیامی کا ناول "ستاروں کے قیدی"، سراج انور کا "خوفناک جزیرہ"، "کالی دنیا" اور "نیلی دنیا"، اطہر پرویز کی کہانی "مشینی گھوڑا"، ایم یوسف انصاری کی کہانیاں "زہرہ کا سفر"، "قاتل سائنس داں"، اظہار اثر کی کہانیاں "بھورا بال"، "ایک گلاس پانی" وغیرہ سائنسی ترقیات سے نوجوان قاری کو بھرپور واقفیت پہنچاتے ہیں۔

ظفر پیامی کا اصل نام دیوان بیرندر ناتھ تھا۔ پیدائش ۶/ جنوری ۱۹۳۲ء کو بہرائچ (اترپردیش) میں ہوئی اور انتقال دہلی میں یکم/ دسمبر ۱۹۸۹ء کو ہوا۔ وہ اردو دنیا کے نامور اور ممتاز صحافی، ادیب اور افسانہ و ناول نگار رہے ہیں۔ بچوں کے لیے لکھا گیا ان کا سائنس فکشن ناول "ستاروں کے قیدی" ۱۹۶۲ء میں پہلی بار شائع ہوا تھا۔ بعد ازاں اس کے متعدد ایڈیشن شائع ہوئے۔

تعمیر پبلی کیشنز حیدرآباد (انڈیا) کی جانب سے اسی ناول کا جدید ایڈیشن پیش خدمت ہے۔

عطیہ اور جاوید میں ویسے تو سب خوبیاں تھیں جو اچھے بچوں میں ہوتی ہیں، لیکن ان کی ایک عادت سے ان کی امی کو بہت شکایت تھی وہ یہ تھی کہ وہ صبح سویرے بستر سے اٹھتے ہی کچھ کھائے پئے بغیر مکان کے پچھلے باغیچے میں کھیلنے جایا کرتے اور اسکول کی پہلی گھنٹی بجنے تک آنکھ مچولی کھیلتے رہتے۔ان کی امی ان کی اس عادت سے بہت تنگ آچکی تھیں۔لیکن وہ کر بھی کیا سکتی تھیں۔ اور پھر انہوں نے سوچا ابھی ان دونوں کی عمر ہی کیا ہے۔عطیہ صرف سات سال کی تھی اور پچھلے دو ہی سال سے اسکول جارہی تھی، لیکن دونوں سال جماعت میں فرسٹ آچکی تھی۔اُس کے زرد بھورے بال اتنے گھنگریالے اور پیارے تھے کہ لوگ انہیں بھٹے کی مونچھیں کہتے۔اس کی نیلی نیلی آنکھیں کھیلنے کی بلوری گولیوں کی طرح صاف اور چمک دار تھیں۔جب وہ ہنستی تھی تو یوں لگتا تھا جیسے کوئی چاندی

کے ننھے سے جھنجھنے سے کھیل رہا ہے۔ اور جب وہ روتی تھی تو یوں لگتا تھا۔ جیسے انگریزی بینڈ اور دیسی بین ایک ساتھ بج رہی ہو۔

جاوید اس سے کوئی دو ہی سال بڑا تھا۔ لیکن بے چاری عطیہ پر رُعب یوں جماتا تھا جیسے اس کا دادا ہو۔ وہ اپنی کلاس میں کبھی فرسٹ تو نہیں آیا تھا لیکن پھر بھی ہمیشہ سے اپنی جماعت کا مانیٹر چلا آرہا تھا اِس لئے کہ پڑھنے میں، کھیلنے کُودنے میں اور صاف ستھرا رہنے میں کوئی دوسرا لڑکا اس کا مقابلہ نہیں کرسکتا تھا۔ اس کی شکل و صورت ایسی ہی تھی جیسی کہ آپ کے سب سے خوب صورت دوست کی ہے۔ ہاں لیکن اس کی پکوڑا سی ناک اس کے سارے چہرے کے مقابلے میں بہت سُرخ سی تھی اور اسی لئے دوسرے بچے اُسے چڑانے کے لئے کبھی کبھی "میاں پکوڑا شاہ، میاں بھگوڑا شاہ، ڈنڈے کھا" کہا کرتے تھے۔ جس پر وہ انہیں خوب پیٹا کرتا۔

بے چاری عطیہ بھی کبھی کبھی آنکھ مچولی میں جاوید کو اچھی طرح سے آنکھیں نہ بند کرتے ہوئے پکڑ لیتی۔ اور جب دونوں کی لڑائی ہوتی تو اُسے "میاں پکوڑا..." کہنے لگتی تو ایک تھپڑ اس کی پیٹھ پر پڑتا اور وہ انگریزی بینڈ اور دیسی بین کا ملا جلا راگ الاپنا شروع کردیتی۔ لیکن پھر بھی عطیہ نے کبھی اپنی امّی سے جاوید کی شکایت نہیں کی، اِس لئے کہ دونوں بہن بھائیوں میں اتنا زیادہ پیار تھا کہ وہ کبھی ایک منٹ کے لئے بھی ایک دوسرے سے علیحدہ ہونا پسند نہ کرتے۔ اور جب اسے روتا دیکھ کر اس کی امّی رونے کا سبب پوچھتیں تو وہ جھٹ سے پاؤں میں کانٹا چُبھ جانے یا پیر

پھسل جانے کا بہانہ کر دیتی۔

ہاں تو ذکر ہو رہا تھا کہ عطیہ اور جاوید کو یہ بُری عادت تھی کہ وہ صبح سویرے کچھ کھائے پئے بغیر اپنے باغیچے میں کھیلنے چلے جایا کرتے تھے۔ ایک روز وہ اسی طرح مونہہ ہاتھ دھوئے بغیر باغیچے میں کھیلنے چلے گئے ـــــ شروع ہی میں "چور" جاوید کو بننا پڑا۔ وہ بہت جھنجلایا۔ لیکن جب عطیہ نے عادت کے مطابق رونا شروع کر دیا تو وہ چور بننے کے لئے تیار ہو گیا اور دیوار کی طرف مونہہ کر کے آنکھیں بند کئے عطیہ کے چُھپ جانے کا انتظار کرتا رہا۔ عطیہ دُور چنبیلی کی جھاڑیوں کے پاس چُھپنے چلی گئی، جب دو چار منٹ گزر گئے تو جاوید نے آواز دی "آجاؤں" اس کا خیال تھا کہ عطیہ ہمیشہ کی طرح کہے گی " ابھی نہیں" اس لئے کہ اسے چھُپنے میں اتنی ہی دیر لگتی تھی جتنی جاوید کو حساب کا سوال حل کرنے میں۔ لیکن عطیہ نے کوئی جواب نہ دیا۔ جب وہ آوازیں دیتے دیتے تھک گیا تو اس نے خود ہی عطیہ کو ڈھونڈنا شروع کیا اور جھٹ جا کر سامنے کی دیوار کے سامنے اسے پکڑ لیا۔ لیکن وہ بُت کی طرح ٹکٹکی باندھے سامنے گلاب کے پودوں کے نیچے کچھ دیکھ رہی تھی۔

جاوید نے اسے کندھے سے پکڑ کر جھنجوڑا اور "چور چور" کہہ کر شور مچا دیا "شوشو" عطیہ نے جواب دیا اور انگلی ہونٹوں کے سامنے لے جا کر چُپ ہونے کا اشارہ کیا۔

جاوید نے جھک کر جو دیکھا تو سفید گلاب کے پودے کے نیچے ایک چھوٹا سا خرگوش چھپا بیٹھا تھا۔ دیکھنے کو تو وہ خرگوش لگتا تھا، لیکن ایک ایسا خرگوش جو آج تک

انہوں نے نہ کبھی دیکھا اور نہ سُنا۔اس کے سنہرے بال سونے کے ورقوں کی طرح چمک رہے تھے۔اس کی آنکھیں پارے کی طرح صاف اور بجلی کے بلب کی طرح چمک رہی تھیں ——— اس کی مونچھوں کے بھُورے بھُورے بال عام خرگوشوں کی طرح مٹیالے رنگ کے نہیں بلکہ چاندی کے تاروں کی طرح دمک رہے تھے۔ وہ چپ چاپ یوں دبکا ہوا بیٹھا تھا جیسے کہ جادو کے زور سے بنی ہوئی موم کی مورت ہو۔ اسے دیکھتے ہی دیکھتے جاوید بھی موم کی مُورت سا بن گیا اور ٹکٹکی باندھ کر اس کی طرف دیکھنا شروع کر دیا۔

جانے کتنا وقت یوں ہی گزر گیا کہ ان کی امی نے انہیں زور زور سے آوازیں دے کر پکارا۔ جاوید چونک اٹھا جیسے کوئی سوتے میں جاگ اٹھتا ہے اور جب اس نے ہوش سنبھالا اور جب بجلی کے بلب کی طرح خرگوش کی روشن آنکھوں سے اپنی آنکھیں ہٹائیں، تو اسے یوں محسوس ہوا کہ وہ کسی دنیا سے نکل کر واپس اپنی دنیا میں آگیا ہے۔ اچانک اسے خرگوش کا خیال آیا جو جاوید کو ہٹتا دیکھ کر خود بھی ٹھٹھک گیا تھا۔ وہ پھُدک کر باغیچے کے دوسرے کونے کی طرف بھاگ گیا۔ اُسے بھاگتا دیکھ کر عطیہ کی نیند بھی ٹوٹ گئی اور اسے بھی فوراً سامنے پھُدکتے ہوئے خرگوش کا خیال آیا جو اب تک باغیچے کی دیوار پھلانگ چکا تھا۔ اُسے دیوار کے پاس پھُدکتا دیکھ کر عطیہ بھی اس کے پیچھے پیچھے دوڑی اور اس کے ساتھ ہی جاوید نے بھی خرگوش پکڑنے کے لئے بھاگنا شروع کر دیا۔ انہیں خرگوش کے پیچھے بھاگتا

دیکھ کر اور یہ سوچ کر کہ جب تک یہ لوگ تھک کر چُور نہیں ہو جائیں گے خرگوش کا خیال نہیں چھوڑیں گے، ان کی امّی نے بھی انہیں آوازیں دینا بند کر دیں۔

جاوید نے چپ چاپ پیچھے کی طرف سے جا کر خرگوش کو دبوچ لینا چاہا۔ خرگوش کے سامنے عطیہ کھڑی تھی۔ لیکن وہ چُپ چاپ بیٹھا رہا اور جوں ہی جاوید اُس پر جھپٹا وہ تیزی سے عطیہ کی ٹانگوں کے نیچے سے گزر گیا۔ "پاگل لڑکی" غصّے سے جاوید نے عطیہ کی طرف دیکھتے ہوئے کہا اور عطیہ نے روہانسی صورت بنا کر بھاگتے ہوئے خرگوش کی طرف دیکھا اور وہ دونوں اس کے پیچھے بھاگنے لگے۔

اب تک وہ باغیچے کی چار دیواری سے نکل کر سامنے کی سڑک پر آچکا تھا اور عطیہ اور جاوید اس کے پیچھے پیچھے تھے۔ اس کے بھاگنے کا ڈھنگ بھی بہت نرالا تھا۔ وہ اتنا تیز بھی نہیں بھاگتا تھا کہ جاوید اور عطیہ کو دوڑنا پڑے۔ یوں لگتا تھا کہ وہ چہل قدمی کرتے ہوئے سڑک پر ٹہل رہے ہیں۔ لیکن جوں ہی عطیہ اور جاوید اسے پکڑنے لگتے تو وہ بجلی کی سی تیزی کے ساتھ یوں پُھدک کر آگے نکل جاتا کہ عطیہ اور جاوید کو نظر بھی نہ آتا کہ وہ کب ان کے ہاتھوں سے کھسک گیا ہے۔

اِسی طرح آنکھ مچولی کھیلتے ہوئے وہ گھر سے بہت دُور نکل گئے۔ اُن کی ننھی ننھی ٹانگیں تھکنے لگیں لیکن پھر بھی دونوں میں سے کسی کا دل واپس جانے کو نہیں چاہتا تھا بلکہ جاوید نے تو عطیہ سے کہا بھی کہ "تم اب گھر جاؤ میں اسے پکڑ کر لے آؤں گا۔" لیکن عطیہ جانتی تھی کہ اگر اکیلے جاوید نے پکڑا تو وہ اپنی بلّی کی طرح

اِس خرگوش کو بھی اسے ہاتھ نہیں لگانے دے گا۔اور دوسرے خرگوش کی کوشش بھی کچھ عجیب تھی کہ وہ پکڑا بھی نہیں جاتا تھا پھر بھی اتنا قریب رہتا تھا گویا کہ دوسرے ہی لمحے وہ اُسے دبوچ لیں گے۔

اِسی طرح چلتے چلتے انہیں دوپہر ہوگئی۔ وہ شہر سے بھی دُور نکل گئے لیکن نہ تو انھیں بھوک لگی اور نہ پیاس۔ کچھ ایسا محسوس ہوتا تھا کہ ان پر کسی نے جادو کر رکھا ہے۔اس لئے کہ انہوں نے آپس میں بھی کوئی بات نہیں کی۔

چلتے چلتے شام ہوگئی اور سڑک کھیتوں کے قریب جاکر ختم ہوگئی۔ کھیتوں پر سے ایک پگڈنڈی گزرتی تھی۔خرگوش بھی کھیتوں میں گھسنے کے بجائے پگڈنڈی پر مڑلیا اور اس کے پیچھے پیچھے عطیہ اور جاوید چلے آرہے تھے۔ تھوڑی دُور جاکر یہ کھیت بھی ختم ہوگئے اور سامنے ایک ویران سی پہاڑی آگئی۔خرگوش نے پہاڑی پر چڑھنا شروع کیا۔عطیہ اور جاوید نے یہاں بھی اس کا پیچھا کیا۔

اب تک اندھیرا ہوچکا تھا۔ان دونوں کو ایک دوسرے کی صورتیں تک نظر نہیں آرہی تھیں لیکن خرگوش کے جسم سے ایک عجیب قسم کی چمک نکل رہی تھی جیسے وہ روشنی کی ایک چھوٹی سی گیند ہو جو بجلی کے زور سے اپنے آپ اوپر چڑھتی جارہی ہو۔عطیہ اور جاوید کو کبھی کبھی تو ڈر بھی لگتا،لیکن یہ سب کچھ اتنی تیزی سے ہو رہا تھا کہ سب کچھ بھول کر اس کا پیچھا کئے جارہے تھے۔پہاڑی کی عین چوٹی پر چڑھ کر خرگوش نے نیچے کی طرف لڑھکنا شروع کردیا اور یہ دونوں بھی اسی کے پیچھے

پیچھے نیچے اُترتے ہوئے ایک غار جیسی گہرائی میں اُتر گئے۔ غار میں اس قدر گھُپ اندھیرا تھا کہ عطیہ کی تو چیخ نکل گئی۔ جاوید کو بھی ڈر لگ رہا تھا لیکن اس نے اپنے ہونٹ دانتوں تلے دبا کر اسے ڈانٹ کر چُپ کرا دیا اور وہ پتھروں کا سہارا لیتے ہوئے نیچے اترنے لگے۔

اچانک عطیہ کا پاؤں ایک سخت سی چیز پر پڑا، اُس نے جھک کر دیکھا تو وہ ایک لمبا سا جانور تھا جس کی شکل مگرمچھ سے ملتی جلتی تھی اور جو پیٹھ کے بل لیٹا ہوا تھا۔ جاوید بھی اسے دیکھ کر کانپنے لگا۔ اتنے میں اُس بھیانک جانور نے اپنا مونہہ کھولا اور خرگوش کو نگل لیا—— چیخ کر جاوید نے عطیہ کو پیچھے کی طرف دھکیلنا چاہا۔ عطیہ لڑکھڑا گئی۔ لیکن جاوید ابھی پیچھے ہٹا ہی تھا کہ اُس جانور نے اپنا بھیانک مونہہ دوبارہ کھولا اور جاوید اور عطیہ کی طرف بڑھا۔ اس کا مونہہ اتنا بڑا تھا کہ وہ دونوں آسانی کے ساتھ اس میں کھڑے ہو سکتے تھے لیکن اس کے نیزوں جتنے لمبے لمبے دانت دیکھ کر وہ دونوں بے ہوش ہو گئے اور اس جانور نے بڑی آسانی کے ساتھ دونوں کو نگل کر اپنا مونہہ بند کر لیا۔

عطیہ اور جاوید نے جب آنکھیں کھولیں تو وہ چارپائی پر لیٹے ہوئے تھے اور کسی عورت کا نرم نرم ہاتھ ان کے ماتھے پر تھا عطیہ نے وہیں پڑے پڑے

امّی کہا اور بغیر دیکھے اس کے ساتھ لیٹ گئی۔ لیکن جاوید نے آنکھیں مَل کر اِدھر اُدھر دیکھا تو وہ سمجھ گیا کہ جو کچھ ہو چکا ہے وہ خواب نہیں تھا اور وہ جگہ جہاں وہ لیٹے ہوئے تھے ان کا گھر نہیں تھا اور وہ عورت ان کی امّی نہیں بلکہ کوئی یورپین نرس معلوم ہوتی تھی۔ عطیہ کو بھی ایک دم اپنی غلطی کا احساس ہوا اور وہ دونوں ایک بار پھر سہم کر اپنے بستروں میں لیٹ گئے۔

انہوں نے اپنے آس پاس دیکھا تو وہ ایک عجیب سا کمرہ تھا۔ مخمل کے پردے لٹک رہے تھے اور جانوروں کی کھال کے قالین بچھے ہوئے تھے۔ لیکن چھت سے یوں معلوم ہوتا تھا کہ وہ سخت پتھروں کی بنی ہوئی ہے اور زمین کو کاٹ کر سارا کمرہ بنایا گیا ہے۔

ایک اور چیز جو ان بچّوں نے دیکھی وہ یہ تھی کہ کمرے کے تین طرف تو پتّھر کی دیواریں تھیں لیکن عین ان کے سامنے کوئی دروازہ نہیں تھا بلکہ ایک پردہ سا لٹک رہا تھا جس کے پیچھے بہت گھما گھمی معلوم ہو رہی تھی۔ اور پھر کبھی کبھی دیوار کے اوپر یکایک کئی لوگوں کے چلنے اور کچھ بھاری قسم کی چیزوں کے گھسٹنے کی آوازیں آ رہی تھیں۔ ان سب چیزوں نے دونوں بچّوں پر اس قدر خوف طاری کر دیا کہ وہ ڈر کے مارے آپس میں بھی کوئی بات نہ کر سکے۔ وہ یورپین نرس چُپ چاپ بیٹھی باری باری ان کا ماتھا اور سر سہلاتی رہی۔

کچھ دیر بعد نرس کمرے سے باہر گئی اور فوراً ہی واپس آ گئی۔ وہ اپنے ساتھ چاندی

کی دو طشتریوں میں کچھ حلوہ لائی تھی، جس کی خوشبو ہی ایسی تھی کہ باوجود ڈر اور سہم کے عطیہ اور جاوید کے مونہہ میں پانی بھر آیا۔

نرس نے آگے بڑھ کر اپنے ہاتھ سے ایک چمچہ عطیہ کے مونہہ میں ڈالا اور دوسری طشتری کچھ کہے بغیر جاوید کے ہاتھ میں دے دی۔ دونوں کو ایسا لگتا تھا کہ کہیں دور سے پر لگا کر بھوک اُڑ کر آ گئی ہے۔ اور دونوں نے چند ہی لمحوں میں اپنا اپنا حلوہ یوں ختم کر دیا جیسے گھر بیٹھے عید کی سوئیاں کھا رہے ہوں۔

حلوہ کھانے کے بعد ان کی آنکھیں کھلیں اور انہوں نے غور سے اپنی مہربان نرس کو دیکھا۔ اس کی شکل اتنی پیاری تھی کہ جی چاہتا تھا کہ عمر بھر آدمی دیکھتا ہی چلا جائے۔ عطیہ کی لٹوں سے کھیلتے ہوئے وہ بولی "ڈر تو نہیں لگتا تمہیں یہاں۔ ہم یہاں تمہیں طرح طرح کے کھلونے دیں گے۔ ہمارے پاس ایک بولنے والی گڑیا بھی ہے، اور بیٹے تمہارے لئے ہمارے پاس ایک دوربین بھی ہے جس سے آدمی چاند تاروں کی دنیا دیکھ سکتا ہے۔ کہو تم رہو گے ہمارے پاس۔ بس دو ہی تین دن ـــــــ پھر تمہیں ہم تمہاری امّی کے پاس بھیج دیں گے۔"

عطیہ کو کھلونوں کا سن کر فوراً خرگوش کا خیال آ گیا اور وہ رو ہانسی صورت بنا کر بولی "خرگوش . . . ." یہ سنتے ہی نرس ایک دم چُپ ہو گئی۔ پھر کچھ سوچ کر بولی "ہاں خرگوش . . . . وہ تمہیں اچھا لگتا تھا نا۔ وہ بھی میں دو تین دن میں لا دوں گی۔"

یہ باتیں ہو ہی رہی تھیں کہ کہیں دور سے کسی بچّے کے رونے کی آواز آئی اور نرس

اٹھ کر چلی گئی۔

اُسے جاتا دیکھ کر جاوید نے عطیہ سے کہا "مجھے تو یہ ڈائن لگتی ہے جو اسی طرح بہلا پھسلا کر ہم کو کھا جائے گی" لیکن عطیہ کو جاوید کی یہ بات بُری لگی اور اس نے کہا "نہیں بھیّا ـــــ مجھے تو یہ کوئی پَری لگتی ہے۔ پیاری سی، چھوٹی سی۔ جو دو چار دن ہمیں پیار کر کے واپس ہمارے گھر پہنچا دے گی۔"

"اگر یہی بات ہے" جاوید نے کہا "تو وہ خرگوش کیسا تھا اور وہ جِن کی صورت کا جانور کون تھا جس نے ہمیں نگل لیا تھا۔ کہیں ہم دوسری دنیا میں تو نہیں ہیں۔ سچ عطیہ مجھے تو ایسا لگتا ہے جیسے کہ ہم مر چکے ہیں۔"

عطیہ نے بستر میں لیٹے لیٹے ہی کہا "لیکن یہ پَری ہمیں ضرور زندہ کر کے واپس امّی کے پاس بھیج دے گی ـــــ ہائے میری اچھی امّی ـــــ اب میں کبھی آپ سے پوچھے بغیر باغ میں نہیں جاؤں گی۔"

اتنے میں نرس واپس آگئی اور اس کے پیچھے پیچھے ایک بہت لمبا بھیانک صورت انسان کمرے میں داخل ہوا جس نے سر سے پاؤں تک ایک سیاہ چُغہ اوڑھ رکھا تھا جس سے یہ پتہ ہی نہیں چلتا تھا کہ کون سا حصّہ چُغے کا ہے اور کون سا اس کے جسم کا ہے۔

اُسے دیکھتے ہی دونوں بچّے ڈر کے مارے بستر میں مونہہ چھپا کر لیٹ گئے۔ لیکن اس نے بہت پیار سے عطیہ کو پچکارتے ہوئے کہا "ارے یہ تو

بہت پیاری بچّی ہے۔ ہم اسے پری بنا دیں گے؟" جاوید نے لیٹے ہی لیٹے دیکھا کہ ایسا کہتے ہوئے جب اس نے مونہہ کھولا تھا تو اس کے دانت عجیب قسم کے نوکیلے تھے جیسے کتّے یا بھیڑیئے کے دانت ہوں اور اس کی آنکھوں میں بڑے بڑے گڑھے تھے جن میں صرف دیکھنے کی پتلیاں ہی تیر رہی تھیں، اور ابرو یا بھویں بالکل نہیں تھیں۔ عطیہ اب تک سہمی پڑی تھی۔ پھر اس نے عطیہ کے سر پر ہاتھ پھیرنے کے لئے چغے کے اندر سے اپنا ہاتھ نکالا جسے دیکھ کر دونوں نے سہم کر ایک چیخ ماری کیوں کہ اس کا ہاتھ اتنا لمبا تھا کہ کھڑے کھڑے وہ اس کے پیروں تک پہنچتا تھا اور گوشت پوست کے بجائے وہ محض ایک لمبی سی سیاہ ہڈی معلوم ہو رہا تھا۔

"ڈرو نہیں بچو! ہم تمہیں کھا نہیں جائیں گے، بلکہ تمہیں چاند تاروں کی سیر کرائیں گے" جب وہ بول رہا تھا تو یوں محسوس ہوتا تھا کہ کوئی آدمی کہیں بہت بڑے گنبد میں کھڑا آواز دے رہا ہے۔

"تمہارا نام کیا ہے بیٹا" اُس نے جاوید سے پوچھا۔ جاوید کو اس آدمی کے بھوت یا جن ہونے کا پورا یقین ہو چکا تھا اور جانتا تھا کہ اب ان کے بچنے کا کوئی امکان نہیں ہے۔ اس لئے وہ تنک کر بولا "تمہیں نام سے کیا مطلب تم جو کام کرنا چاہتے ہو جلدی جلدی کر لو۔"

یہ سن کر وہ آدمی اپنے نوکیلے دانت کھول کر مسکرایا اس کی مسکراہٹ کی آواز

کچھ اس طرح کی تھی کہ جیسے آگ میں جلتی ہوئی کئی ہڈیاں تڑخ جائیں
" تم بہادر لڑکے ہو۔ ہمیں ایسے ہی بچوں کی ضرورت ہے" لیکن جاوید اور عطیہ ابھی سوچ ہی رہے تھے کہ اسے کس کام کے لئے ان کی ضرورت ہے کہ اس نے نرس سے کہا " انجکشن کا سامان تیار ہو گیا ہو تو لے آؤ۔"
نرس "یس سر" کہتی دوڑتی ہوئی باہر گئی اور جا کر ایک بجلی کی انگیٹھی اٹھا لائی۔ دوبارہ جا کر وہ انجکشن کا دوسرا سامان لے آئی۔ اپنے چغے کے اندر ہاتھ ڈال کر اس آدمی نے ایک سرخ رنگ کی چھوٹی سی شیشی نکالی اور انجکشن کا آلہ شیشی والی دوا سے بھر لیا ——— اسے ایسا کرتے دیکھ کر جاوید نے ایک چیخ اتنے زور سے ماری کہ وہ آدمی بھی ایک لمحہ کے لئے بھونچکا رہ گیا۔" ڈرو نہیں بیٹا" اس نے پچکارتے ہوئے کہا " ہم تو تمہیں بہادر مضبوط اور لمبی عمر کا بنانے کے لئے یہ انجکشن دے رہے ہیں" لیکن جاوید ڈر کے مارے پاگلوں کی طرح اچھل کود رہا تھا اور عطیہ وہیں پڑی پڑی بے ہوش ہو چکی تھی۔
" یہ لڑکا یوں نہیں مانے گا" وہ آدمی چلّایا " جاؤ نرس لیبارٹری کے تینوں حبشیوں کو بلا لاؤ" نرس جانے لگی تو اس نے روک دیا " ٹھہرو میں بلاتا ہوں" اور اس نے جاوید کی چارپائی کے پائے کے اوپر ایک بٹن جیسی چیز کو دبایا۔ چند ہی لمحوں کے بعد کالے چغے پہنے ہوئے لیکن مونہہ پر سفید کپڑے باندھے تین لمبے تڑنگے سیاہ حبشی آن موجود ہوئے جنہیں دیکھ کر یوں لگتا تھا کہ گینڈے کے جسم

پر انسان کا سر رکھ دیا گیا ہے۔ جاوید انہیں دیکھتے ہی بے ہوش ہو گیا۔

وہاں رہتے رہتے کچھ دن گزرنے پر عطیہ اور جاوید کو کئی باتوں کا پتہ چل گیا۔ انہیں یوں تو کسی کی زبان سمجھ میں نہ آتی تھی لیکن اس مہربان نرس نے پیار ہی پیار میں انہیں کئی باتیں بتا دیں۔ دراصل وہ بھیانک انسان کوئی بھوت یا جن نہیں تھا بلکہ ایک بہت مشہور سائنس داں تھا جو آج سے ڈیڑھ سو سال پہلے ایک جہاز میں انگلستان سے ہندوستان آتا ہوا غائب ہو گیا تھا۔ اس نے ہمالیہ کی پہاڑیوں پر جڑی بوٹیوں پر تجربے کر کے کچھ ایسے راز دریافت کر لئے تھے جنہیں استعمال کرنے پر انسان کم از کم تین سو سال زندہ رہ سکتا ہے۔ اس نے ہزاروں تجربات کے بعد کچھ ایسے انجکشن بھی تیار کر لئے تھے جنہیں لگانے سے کم از کم سو سال تک انسان کی عمر اُتنی ہی رہتی ہے جتنی کہ انجکشن لگانے کے وقت ہو۔ لیکن اپنے اوپر یہ تجربات کرنے سے سائنس داں کی صورت بھی بگڑ گئی تھی۔ اور جسم کے کچھ حصے گھٹ گئے تھے اور کچھ حصے بڑھ گئے تھے جس سے اس کی صورت بھوتوں سے بھی بھیانک ہو گئی تھی۔ اس لئے وہ ہر وقت ایک چغہ پہنے رہتا تھا۔

جاوید نے باتوں ہی باتوں میں یہ پتہ بھی چلا لیا کہ اس سائنس داں کی ایک بڑی

خواہش یہ ہے کہ وہ مریخ تک پہنچنے کے قابل ہو جائے اور وہاں کے لوگوں سے مدد لے کر زمین پر حملہ کردے۔ عطیہ نے اس کی اسکیم سنی تو ہنس دی لیکن جاوید جانتا تھا کہ بوڑھا کوئی پاگل نہیں ہے بلکہ بہت خطرناک آدمی ہے۔ اس لئے کہ اس نے اپنا یہ مقصد پورا کرنے کا پورا پورا انتظام کیا ہوا تھا جہاں لوگ غار سمجھے بیٹھے تھے دراصل وہ کوئی غار نہیں تھا بلکہ پہاڑیوں کے بیچ میں بنائی ہوئی ایک بہت بڑی زمین دوز فیکٹری اور لیبارٹری کا دروازہ تھا۔ اسی مہربان نرس سے انہیں یہ بھی پتہ چلا کہ وہ جانور جس نے انہیں غار کے نیچے اُترنے پر نگل لیا تھا اصل میں کوئی زندہ جانور نہیں ہے بلکہ ایک جھوٹ موٹ بنایا ہوا ڈراوا ہے جو اس لئے بنایا گیا ہے کہ کسی کو یہاں پر فیکٹری ہونے کا شبہ نہ ہو اور اگر کوئی منچلا اُدھر آ نکلے تو اسے خوف زدہ کر کے ہی ختم کر دیا جائے۔ کہتے ہیں کہ کوئی تیس سال پہلے دو انگریز جاسوسوں نے اس غار کا رخ کیا تھا۔ جنہیں اس مصنوعی مگرمچھ نے نگل لیا! اس کے بعد پھر کسی کو اِدھر آنے کی ہمت نہیں ہوئی۔

عطیہ نے آنکھیں پھیلا کر نرس سے پوچھا" اور وہ خرگوش کیا تھا" نرس نے پہلے تو ٹالنا چاہا لیکن پھر ان کے بہت پوچھنے پر انہیں بتایا کہ وہ خرگوش ایک نقلی جانور ہے، جس میں ایسی خاص مقناطیسی قوت ہوتی ہے کہ وہ بچوں کو اپنی طرف کھینچ لیتی ہے۔ یہ سائنس داں کے علم کا کمال تھا کہ وہ غار میں بیٹھا ہی ریڈیو کی لہروں کے ذریعے خرگوش کی ہر حرکت کو کنٹرول کیا کرتا تھا۔ جاوید نے حیرت اور

ڈر کے ملے جلے جذبات سے مجبور ہو کر نرس سے پوچھ ہی لیا "لیکن بچوں کو یہاں کیوں لایا جاتا ہے ؟" اور اس کے ساتھ ہی عطیہ نے پوچھ لیا "اور آپ یہاں کس طرح آئی ہیں ؟"

یہ سن کر نرس کی آنکھیں نم ہو گئیں۔ اُس نے ممتا بھرے جذبات کے ساتھ عطیہ کو گلے سے لگا لیا اور بھرّائی ہوئی آواز میں بولی "میرے بچّو! یہ ایک بھیانک کہانی ہے کہ میں یہاں کیسے آئی اور تم جیسے بچّے اکٹھے کر کے یہ سائنس داں کیا کرنا چاہتا ہے۔"

"کیا" دونوں نے چلّا کر پوچھا۔

"ڈرو گے تو نہیں" نرس نے پچکارتے ہوئے پوچھا۔ "تو لو سُنو" نرس نے کہنا شروع کیا ———

نرس نے یہ کہہ کر آس پاس دیکھا۔ بٹن دبا کر اس کمرے کے سامنے ڈالا پردہ کھسکایا اور جب اُسے پورا یقین ہو گیا کہ کوئی ان کی باتیں نہیں سُن رہا ہے تو کہنا شروع کیا "تم بھلا بتاؤ کہ میری عمر کیا ہو گی"

عطیہ نے اسے غور سے دیکھا اور کہا "بھیّا فرزو باجی کتنے سال کی ہیں ؟" جاوید جو ابھی تک نرس کی عمر کا فیصلہ نہیں کر سکا تھا بولا "ہاں یہی

کوئی بیس سال کی"

یہ سُن کر نرس نے ایک قہقہہ لگایا اور کہا " ابھی اور سوچ لو" لیکن یہ دونوں یہاں کی بات سے اتنے خوف زدہ ہو چکے تھے کہ کچھ بھی نہ سوچ سکے، اور چُپ چاپ سہمے ہوئے بیٹھے رہے۔

نرس نے پھر خود ہی کہا " اپنی اصلی عمر تو مجھے بھی یاد نہیں لیکن اتنا یاد ہے کہ اس سائنس داں کے یہاں آنے کے دس پندرہ سال بعد مجھے یہاں لایا گیا تھا۔ جب میں یہاں آئی تھی تو بس عطیہ میں تمہارے جیسی ہی تھی۔ ہاں میں یہ بتانا تو بھول ہی گئی تھی کہ میں یہاں کیسے آئی۔ میں اصل میں اُسی شہر کی رہنے والی ہوں جہاں کی تم رہنے والی ہو۔ ایک روز صبح سویرے میں اپنے گھر سے اسکول جانے کے لئے نکلی کہ ایک بندر کا تماشہ دکھانے والا ہمیں راستے میں مِل گیا۔ ہم تین بچّے بندر کا تماشہ دیکھنے لگے۔ تماشہ تو ختم ہوا لیکن اس نے اپنی بانسری جاری رکھی۔ اور نہ جانے کیا ہوا کہ ہم تینوں اُسی کے پیچھے پیچھے چلتے ہوئے اِس غار تک آپہنچے۔ وہ مداری یہی سائنس داں تھا۔ یہاں آکر بے چارے رفیق اور صابرہ تو ڈر کے مارے دو ہی دِنوں میں مر گئے۔ لیکن میں بدنصیب زندہ رہ گئی۔"

"اور پھر؟" جاوید نے حیرت سے اِدھر اُدھر دیکھتے ہوئے پوچھا۔

"پھر کیا" نرس نے کہنا شروع کیا " مجھے یہاں پر لاکر اس سائنس داں نے

مجھ سے وہی سلوک کیا جو ایک باپ اپنی بیٹی سے کر سکتا ہے۔ اس نے میرا دل بہلانے کے لئے طرح طرح کے کھلونے بنا کر دیئے۔ تم جانتے ہو یہ مقناطیسی خرگوش بھی اس نے میرے ہی لئے بنایا تھا۔ اور وہ مریخ پر سفر کرنے والے راکٹ کا راز بھی اس نے صرف مجھ ہی کو بتایا ہے۔"

"کون سا راکٹ" جاوید نے کان کھڑے کر کے پوچھا۔

"نہیں نہیں کچھ نہیں" نرس نے بات کو ٹالنا چاہا لیکن جاوید سمجھ گیا کہ کوئی خاص بات ہے جسے وہ چھپانا چاہتی ہے۔ اسی لئے وہ بولا" لیکن یہ تو بتایئے کہ پھر کیا ہوا"

" ہاں تو پھر جب میں بیس سال کی ہو گئی تو اس نے مجھے نرس کا کام سکھایا۔ کیوں کہ اسے وہم ہے کہ جب وہ مجھے اپنے ساتھ لے کر مریخ ستارے پر پہنچے گا تو بہت بیمار پڑ جائے گا اور اس وقت اس کی تیمارداری کرنے کے لئے مجھے ابھی سے ہر طرح سے تیار کیا جا رہا ہے۔"

" پاگل" جاوید بڑبڑایا۔

" اس سے زیادہ ہوشیار سائنس داں تینوں دنیاؤں میں کہیں نہیں۔" نرس بولی۔

"کون سی تینوں دنیائیں" جاوید نے پوچھا۔

" ایک تو ہماری دنیا، دوسری مریخ ستارے کی دنیا اور تیسری زحل ستارے

کی دُنیا"

"تو کیا وہاں پر بھی لوگ بستے ہیں۔ میں تو سمجھتی تھی وہاں صرف پریاں رہتی ہیں" عطیہ بولی۔

"پریاں نہیں رہتیں، انسان رہتے ہیں، جو عقل میں، جسم میں اور طاقت میں یہاں کے انسانوں سے کئی گنا زیادہ طاقت ور ہیں"

"لیکن آپ کو کیسے پتہ چلا کہ وہاں ایسے لوگ بستے ہیں" جاوید نے پوچھا۔

نرس یہ سن کر جھلا گئی " بچّو زیادہ باتیں نہیں پوچھا کرتے، میں تمہیں وہ باتیں نہیں بتاؤں گی جن سے میری جان خطرے میں پڑ جائے" لیکن پھر ایک دم اس کے چہرے پر موت کی سی زردی چھا گئی اور ٹھنڈی آہ بھر کر بولی "یہی تو مصیبت ہے کہ میری جان کبھی خطرے میں نہیں پڑ سکتی۔ مجھ پر کوئی زہر اثر نہیں کرتا۔ میں کسی آگ سے جل نہیں سکتی۔ اور مجھ پر کوئی گولی کم از کم سو سال تک اثر نہیں کر سکتی۔ موت کی طرح زندگی کا خوف بھی بہت بڑی مصیبت ہے جو میں پچھلے اسّی سال سے برداشت کر رہی ہوں۔"

جاوید یہ سنتے ہی بول اٹھا " تو پھر آپ بھاگ کیوں نہیں جاتیں ؟"

"میرے بچے یہ مشورہ دینے والے تم ہی پہلے آدمی نہیں ہو۔ اس سے پہلے بھی میرا دل کئی بار یہ رائے دے چکا ہے۔ لیکن تم میری مجبوریوں کو نہیں جانتے۔ مجھے گُم ہوئے سو سال سے زیادہ کا عرصہ ہو چکا ہے۔ اگر

میں کسی طرح بھاگ بھی جاؤں جو قریب قریب ناممکن ہے تو ساری دُنیا میں کوئی شخص بھی ایسا نہ ہو گا جو مجھے پہچان سکے گا۔اب بتاؤ میں جاؤں بھی تو کہاں جاؤں۔اس کے علاوہ ایک مشکل اور بھی ہے۔"

"وہ کیا؟" عطیہ نے پوچھا۔

"وہ یہ کہ ہم لوگوں کو یہاں رہتے ہوئے اتنے برس گزر چکے ہیں اور یہ سائنس داں ہم لوگوں کے ایسے جراثیم کے انجکشن لگا چکا ہے کہ اگر ہم کہیں بھاگ بھی جائیں تو یہ نیا روپ بدل کر ہمارا پیچھا کرے گا اور اس کے جسم میں کچھ ایسی پُرکشش ریڈیائی لہریں ہیں کہ ہم لوگ ایک میل کے فاصلے ہی سے اس کے پیچھے پیچھے کھنچے چلے آتے ہیں۔میرا تو نہیں لیکن وہ سامنے کی غار میں کام کرنے والے حبشی لڑکوں کا یہی حال ہو چکا ہے۔ان میں سے دو نے بھاگنے کی دو تین بار کوشش کی ہے لیکن ابھی شہر تک بھی پہنچنے نہیں پاتے کہ پکڑے جاتے ہیں۔"

عطیہ تو یہ سن کر قریب قریب بے ہوش ہو گئی اس لئے کہ اسے یہ یقین ہو چکا تھا کہ اب وہ کبھی اپنے ابّا یا امّی کی شکل نہیں دیکھ سکے گی۔ لیکن جاوید نے اپنے حواس درست کرتے ہوئے کہا "یہ تو بتایئے کہ ہم لوگوں کو یہاں کیوں اکٹھا کیا جا رہا ہے؟"

اتنے میں کچھ آہٹ ہوئی۔ نرس گھبرا گئی، لیکن چند لمحوں کے بعد پتہ چلا کہ

کوئی شخص چھت پر چل رہا تھا۔
اپنا اطمینان کر کے نرس نے پھر کہنا شروع کیا "تم سے وہ کیا کام لینا چاہتا ہے۔ اس کا تو مجھے بھی پتہ نہیں۔ لیکن اسے بچّے اکٹھے کرنے کا شوق ضرور ہے۔ تم سب کو ایسے انجکشن لگا دیئے گئے ہیں جن سے سو سال تک تم اتنے ہی بڑے رہو گے۔ کوئی دس پندرہ سال بعد تمہارے جسموں میں لہریں پیدا ہو جائیں گی جو ہم سب میں ہیں یعنی تم میں سائنس داں سے کہیں بھاگ کر دُور جانے کی قوّت ختم ہو جائے گی۔ ایسی حالت میں وہ شاید تم سے جاسوسی وغیرہ کا کام لینا چاہتا ہے تاکہ تم باہر کی دنیا میں جا کر وہاں کی خبریں بھی لا سکو اور کہیں بھاگ بھی نہ سکو"

"دس پندرہ سال تک ہم کیا کریں گے" جاوید نے ڈرتے ڈرتے پوچھا۔
"کچھ نہیں" نرس نے جواب دیا "بس اِسی غار میں رہو گے اور کھیلو کودو گے دیکھو! بات اصل میں یہ ہے کہ تم دونوں سے مجھے کچھ خاص محبت ہو گئی ہے۔ مجھے ایسا لگتا ہے کہ تم دونوں میرے ہی بچّے ہو۔ ہے نا ایسا ہی میری عطو" اُس نے عطیہ کے بالوں کی لٹ سہلاتے ہوئے پوچھا اور عطیہ ہوں کہہ کر اس کے ساتھ لپٹ گئی۔
"تو پھر آج سے تم مجھے امّی کہو گے نا" نرس نے پچکارتے ہوئے کہا۔ یہ سن کر جاوید کی آنکھیں بھی بھر آئیں۔ عطیہ تو کچھ نہ بولی لیکن وہ

ہمت کر کے بولا " نہیں امّی کہنا تو مشکل ہے۔ اس لئے کہ اس سے ہمیں ہمیشہ اپنی پیاری امّی کی یاد آیا کرے گی، لیکن ہم آپ کو خالہ جان ضرور کہا کریں گے"۔

یہ سنتے ہی نرس کی آنکھوں میں پھر ایک عجیب سی چمک پیدا ہوئی اور وہ بولی "تم ایک سچّے اور بہادر لڑکے معلوم ہوتے ہو اور مجھے ایسا ہی ایک بیٹا چاہئے تھا۔ اور یہ ہماری عطّو تو بس گڑیا ہے گڑیا۔ ایسا لگتا ہے جیسے جادو کی گڑیا"۔

"نہیں نہیں" عطیہ بولی " مجھے تو خدا نے بنایا ہے۔ میں تو ابّا امّی کی بیٹی ہوں کوئی جادو کی گڑیا تھوڑی ہوں جیسے فرّو باجی کہا کرتی تھیں"۔

اور یہ سن کر نرس اور جاوید دونوں ہنسنے لگے۔ وہاں پر اسی طرح رہتے رہتے کئی دن گزر گئے تو عطیہ اور جاوید کو اور بھی کئی باتوں کا پتہ چلا۔ ایک حیرت انگیز بات یہ معلوم ہوئی کہ یہ سائنس داں نہ دن کو سوتا تھا اور نہ رات کو۔ ہر وقت وہ اپنی لیبارٹری میں کھڑا کچھ عجیب قسم کے حساب کتاب کرتا رہتا۔ یا دُور بینوں سے آسمانوں میں کچھ نہ کچھ تلاش کرتا رہتا۔ اس کے پاس جانے کی صرف اس نرس ہی کو اجازت تھی۔ چار حبشی لڑکے جو لیبارٹری میں کام کرتے تھے ہر وقت لیبارٹری ہی میں بند رہتے۔ لیبارٹری کے پیچھے ہی ان کی کوٹھری تھی جس میں وہ رات کو سو رہتے۔

جاوید اور عطیہ کے علاوہ وہاں نو دس بچّے اور بھی تھے لیکن جاوید

اور عطیہ سے ان کی ملاقات نہ ہو سکی اس لئے کہ وہ ہر وقت بیمار رہنے اور لیبارٹری کی دوسری تہہ میں ایک ہسپتال کا کمرہ تھا جس سے نکلنے کی انہیں ہرگز اجازت نہیں تھی تاکہ ان کی بیماری کسی دوسرے کو نہ لگ جائے۔

نرس سے انہیں پتہ چلا کہ یہاں آنے کے تیسرے چوتھے مہینے بعد بچے عام طور سے بیمار پڑ جاتے ہیں اس لئے کہ لیبارٹری کی گیہوں میں ایسی خاصیت ہے کہ بچے عموماً انہیں برداشت نہیں کر سکتے۔ عطیہ اور جاوید یہ سُن کر بہت ڈرے۔ لیکن عطیہ بے چاری خوش تھی کہ چلو اچھا ہوگا مر کر یہاں سے تو نکلیں گے اور اس نے یہ بھی سن رکھا تھا کہ مر کر انسان جنت میں پہنچتا ہے اور وہاں پر کھیلنے کو پریاں ہوتی ہیں اور کھانے کو ہر طرح کی مزیدار مٹھائیاں ملتی ہیں۔ دودھ اسے پسند نہیں تھا اس لئے دودھ کی نہریں اسے پسند نہیں تھیں۔ لیکن پھر بھی وہ اس غار سے اتنی تنگ آ چکی تھی کہ جنت کی دودھ کی نہروں کو بھی برداشت کرنے کے لئے تیار تھی ——— اسی لئے اس نے روتے روتے جاوید سے کہا" بھیا کیا ہم مر بھی نہیں سکتے۔ آؤ کسی نہ کسی طرح سے یہاں سے بھاگ نکلیں"۔

لیکن جاوید جانتا تھا کہ بغیر مناسب موقع کے بھاگنے کی کوئی کوشش کا مطلب جان سے ہاتھ دھونے کے سوا اور کچھ نہیں ہے اس لئے اس نے عطیہ کو چُپ رہنے کو کہا اور خود غار سے بھاگنے کے لئے مناسب موقع تلاش

کرنے میں مصروف ہوگیا۔ان دونوں نے آپس میں صلاح کی کہ وہ کسی طرح بھی یہ ظاہر نہیں ہونے دیں گے کہ وہ اس غار میں خوش نہیں ہیں۔

وہ اس طرح سے ناچتے کودتے اور قہقہے لگاتے کہ معلوم ہوتا اپنے امّی ابّا کے گھر میں کھیل رہے ہوں۔ان کے مقابلے میں دوسرے بچّے چونکہ ہر وقت روتے رہتے تھے اس لئے نرس ہی کو نہیں بلکہ سائنس داں کو بھی یہ دونوں بہت اچھے لگنے لگے۔

خاص طور سے جاوید کو تو وہ بہت ہی پسند کرتا تھا۔اس کا کہنا تھا کہ اس قدر ذہین اور ہوشیار بچّہ اس نے آج تک نہیں دیکھا اور کچھ سال گزرنے پر وہ اُسے اپنا خاص شاگرد بناکر چاند پر لے جائے گا۔

اِدھر سائنس داں نے چاند پر پہنچنے کے لئے اپنے تجربے تیز کردیئے کیوں کہ وہ چاہتا تھا کہ روس اور امریکہ کے سائنس دانوں کے وہاں پہنچنے سے پہلے ہی وہاں جاکر اپنی حکومت قائم کرلے۔

امریکہ میں بننے والے راکٹ اور روس کے بنائے ہوئے مصنوعی چاند کی خبریں سن کر اسے بہت تشویش ہورہی تھی اور اس نے تیزی سے اپنے راکٹ کی تیاری شروع کردی تھی۔

اِسی تیاری کے لئے اس نے غار کا اوپر والا حصّہ کھولنے کا بندوبست بھی کرلیا تھا۔اس کا انتظام کچھ اس طرح سے تھا کہ بٹن دباتے ہی پتھر ہٹنا شروع

ہو جاتے اور پہاڑی میں اس جگہ بہت بڑا شگاف پیدا ہو جاتا جہاں راکٹ کھڑا تھا۔

اس کے سینکڑوں فٹ نیچے اپنی لیبارٹری میں وہ سائنس داں کھڑا رہتا تھا۔ اور بٹن دبانے سے لوہے کا بنا ہوا وہ بہت بڑا گیند کی صورت والا راکٹ اوپر کی طرف اٹھنا شروع ہو جاتا۔ سائنس داں نیچے کھڑے کھڑے ہی اس کی ہر حرکت کو ریڈیو کی لہروں کے ذریعے کنٹرول کیا کرتا اور وہ سینکڑوں میل اوپر اٹھ کر غار میں واپس آجاتا۔

غار میں واپس آنے پر ایک روز عطیہ اور جاوید نے چپکے سے جھانک کر اس کے اندر دیکھا۔ اُس میں دو تین مشینوں اور ایک سیٹ کے سوا کچھ بھی نہیں تھا۔ سیٹ کے سامنے ایک آلہ سا تھا اور ایک بہت بڑی مقناطیسی سُوئی تھی جس کے نیچے گھڑی کے ڈائیل کی طرح ایک ڈائیل بنا ہوا تھا۔ جاوید کو یہ بھی پتہ چل گیا کہ اس راکٹ کے لئے نہ تو پٹرول کی ضرورت ہوتی ہے اور نہ ہی دوسری طاقت کی۔

وہ ایک بہت ہی مختلف اصول پر بنایا گیا تھا۔ وہ راکٹ شروع کے سات ہزار میل تو ایٹمی طاقت سے اُڑ سکتا تھا جس کا مکمل سامان راکٹ کے اندر موجود تھا اور سات ہزار میل کے بعد اس کا تعلق چاند کی ریڈیائی لہروں سے پیدا ہو جائے گا جو اُسے خود بخود اپنی طرف کھینچ لیں گی۔

سائنس داں کو یقین تھا کہ دنیا کا کوئی بھی دوسرا راکٹ اتنے آسان، سستے اور کامیاب طریقے سے نہیں بنایا گیا —— اور وہ جانتا تھا کہ جونہی ایک مشکل حل ہوگئی وہ دنیا کا سب سے کامیاب انسان بن جائے گا۔

وہ مشکل یہ تھی کہ اب تک چاند کی ریڈیائی لہروں اور زمین کی ریڈیائی لہروں کے درمیان تعلق پیدا نہیں ہو سکا تھا۔

بہت کوشش کے بعد اس نے یہ مشکل بھی حل کرلی اور اسے اپنی لیبارٹری کے تجربوں سے پتہ چل گیا کہ زمین کی ریڈیائی لہریں چاند کی ریڈیائی لہروں تک پہنچ سکتی ہیں اور راکٹ کو اپنی لپیٹ میں لے کر چاند میں بڑی آسانی کے ساتھ اپنی طرف کھینچ سکتی ہیں۔

لیکن اب بھی ایک اور مشکل باقی تھی اور وہ یہ تھی کہ سائنس داں خود راکٹ میں بیٹھ کر اڑ نہیں سکتا تھا کیوں کہ راکٹ میں بیٹھنے کے بعد ریڈیائی لہروں کو اس کی لیبارٹری میں سے کنٹرول کرنے والا اور کوئی نہیں تھا۔

اس مشکل کا حل اس نے یہ نکالا کہ ریڈیائی لہروں کو کنٹرول کرنے کا سارا بندوبست بھی راکٹ ہی میں کرلیا۔ اب راکٹ میں سب کچھ فٹ ہوگیا تھا: صرف اس بات کی دیر تھی کہ کوئی راکٹ میں بیٹھ کر چند منٹ کے لئے اس کے چلانے والے انجن پر ہاتھ رکھے تاکہ وہ خود بخود اوپر کو اٹھنا شروع نہ ہو جائے اور اتنے عرصے میں وہ لیبارٹری میں لگے آلے کا بٹن دبا کر غار

کی چھت کو بھی کھول دے اور باہر کی ریڈیائی لہروں سے بھی اس راکٹ کا تعلق پیدا کر دے۔

یہ تمام بندوبست مکمل کرنے پر اس نے چاند پر جانے والی اپنی خاص وردی پہنی جس میں آکسیجن کا بھی سامان تھا۔ اور دوسری خاص خاص دوائیں بھی تھیں جن سے چاند پر رہنا ممکن ہو سکتا تھا۔ چاند پر چونکہ ایسی زہریلی اور خطرناک ہَوائیں چلتی ہیں کہ اگر ذرا سی انسان کو چھو جائیں تو انسان مر جائے اس لئے اس کا سارا لباس مضبوط لوہے کا تھا۔ اس کے علاوہ اس نے راکٹ میں کھانے کا سامان رکھا۔ جس میں سو درجن انڈے، پچاس مُرغ اور طرح طرح کے جیَم اور چٹنیاں شامل تھے۔

عطیہ اور جاوید نے یہ سب کچھ دیکھا تو ان کے مونہہ میں پانی بھر آیا۔ لیکن وہ کر بھی کیا سکتے تھے، کیوں کہ کسی کو بھی راکٹ کے قریب جانے کی جازت نہیں تھی۔

عطیہ جاوید اور نرس دُور کھڑے یہ تمام تیاریاں دیکھ رہے تھے، باقی لوگوں کو تو قریب کھڑے ہونے کی اجازت بھی نہیں تھی۔

جب یہ تمام تیاریاں مکمل ہوگئیں تو سائنس داں نے سب کی طرف ہاتھ ہلایا اور راکٹ میں سوار ہو گیا۔

سوار ہونے کے بعد اُس نے دروازہ بند کیا اور اس کے بعد بہت

زور کا شور ہوا جیسے کئی ایٹم بم پھٹ پڑے ہوں۔ اور آس پاس ہوا اتنی تیز تھی کہ عطیہ اور جاوید اُڑ کر دُور جا پڑے۔

لیکن باوجود شور اور تیز ہَوا کے راکٹ اوپر نہ اٹھا۔ کچھ دیر بعد شور بند ہو گیا۔ انجن بھی چلتے چلتے رُک گیا اور سب کی حیرانی کی انتہا نہ رہی جب سائنس داں ہاتھ ملتا ہوا راکٹ سے نیچے اُتر آیا۔

ہوا یہ تھا کہ جب وہ راکٹ میں بیٹھا تو اسے خیال آیا کہ جب تک کوئی شخص لیبارٹری میں بیٹھ کر ریڈیو کی لہروں سے راکٹ کا تعلق پیدا نہ کرے راکٹ اُڑ نہیں سکتا۔ لیکن دوسری طرف کسی شخص کا راکٹ کے اندر ہونا بھی ضروری تھا تاکہ وہ راکٹ کے انجن پر ہاتھ رکھ سکے۔ کیوں کہ نہ پکڑنے سے راکٹ اوپر اٹھ سکتا تھا، راکٹ اُلٹ سکتا تھا اور پاؤں سے اُڑنے والا بٹن دبائے رکھے تاکہ راکٹ اُڑ نہ سکے۔

اِدھر مشکل یہ تھی کہ کسی شخص کو بھی ریڈیو کی لہروں کا راکٹ سے تعلق پیدا کرنے کا طریقہ نہیں آتا تھا۔ اور سائنس داں کو کسی بھی شخص پر بھروسہ نہیں تھا جس کو وہ راکٹ میں بٹھاتا۔

بہت سوچنے کے بعد اس نے نرس سے کہا کہ وہ راکٹ میں جا کر بیٹھے۔ لیکن نرس کے ساتھ مشکل یہ تھی کہ لگاتار انجکشنوں اور تجربوں کی وجہ سے اس کی ٹانگیں اور بازو اس قدر کمزور ہو چکے تھے کہ نہ تو وہ مضبوطی سے

ہینڈل پکڑ سکتی تھی اور نہ ہی بٹن دبائے رکھ سکتی تھی۔

نرس نے جاوید کی پیٹھ ٹھونکتے ہوئے کہا "آخر ایسی بھی پریشانی کیا ہے، یہ میرا بیٹا کرے گا آپ کا کام، کیوں بیٹے؟" اور جاوید نے بڑے پہلوانوں کی طرح سینہ تان کر جواب دیا "کیوں نہیں"

"ہوں" سائنس داں نے کہا "اتنا سا بچہ اور اتنا بڑا کام، اگر ذرا سا بٹن سے پاؤں ڈھیلا ہو گیا تو راکٹ بھی اُڑ کر تباہ ہو جائے گا اور میری سو سال کی محنت بھی فنا ہو جائے گی"

"تو میں کر دوں گی یہ کام" عطیہ نے مچل کر کہا۔ یہ سن کر سب ہی لوگ ہنس پڑے لیکن جاوید کا مونہہ اُتر کر رہ گیا۔

سائنس داں نے اِس دوران میں بہت کوشش کی۔ کسی طرح کسی دوسرے آدمی کے بغیر ہی کام چل جائے لیکن کامیابی نہ ہوئی۔ آخر اس نے تھک ہار کر جاوید کی طرف دیکھا اور بھوتوں جیسی بھیانک اور کھوکھلی آواز میں کہا "تمھیں ڈر تو نہیں لگے گا وہاں بیٹھتے ہوئے"

جاوید نے پہلے کی طرح سینہ تان کر جواب دیا "ڈرنے کی بھلا کیا بات ہے، جو آپ کر سکتے ہیں وہ میں بھی کر سکتا ہوں"

در عطیہ بول اٹھی "اور میں بھی"

سائنس داں سے جاوید کا جواب سن کر غصہ آگیا تھا اب مسکرا پڑا اور بولا

"تو پھر آؤ"

وہ دونوں راکٹ میں داخل ہونے لگے تو پیچھے پیچھے عطیہ بھی دوڑی آ گئی۔ سائنس داں نے اُسے جھڑک دیا تو اس نے رونا شروع کر دیا "میں بھی جاؤں گی، میں بھی جاؤں گی" کہتی ہوئی وہ جاوید سے لپٹ گئی۔

اس کے بہت تنگ کرنے پر اور جاوید کے یہ کہنے پر کہ وہ بھی اس کے بغیر راکٹ میں نہیں جائے گا سائنس داں نے اسے اندر آنے کی اجازت دے دی، لیکن یہ شرط لگا دی کہ وہ چپ چاپ سکڑ کر جاوید کی بغل میں بیٹھ جائے اور کسی بھی چیز کو ہاتھ نہ لگائے۔

اس کے بعد سائنس داں نے اسے کنٹرول کرنے والے انجن کو پکڑے رکھنے کا طریقہ سمجھایا اور دروازہ کھلا چھوڑ کر اُتر آیا تاکہ راکٹ کا ریڈیو کی لہروں سے تعلق پیدا کر کے جھٹ سے آ کر راکٹ میں سوار ہو جائے۔

جاوید کنٹرول کرنے والے انجن کو مضبوطی سے پکڑ کر بیٹھ گیا اور اپنے پاؤں سے اس نے راکٹ کا بٹن دبائے رکھا۔ اتنے میں سائنس داں لمبے لمبے بھیانک قدم اٹھاتا ہوا اپنی لیبارٹری کی طرف گیا۔

تھوڑی دیر بعد بہت زور سے شائیں شائیں کی آوازیں آئیں اور آسمانوں میں اتنے زور سے بجلی گرجی کہ عطیہ کی چیخ نکل گئی۔ راکٹ بہت بُری طرح سے ہلا اور عطیہ اور جاوید کو یوں محسوس ہوا گویا ان کے جسم کا ایک

حصّہ بجلی کے تاروں میں جکڑ گیا ہے۔" سب ٹھیک" سائنس داں نے چیخ کر کہا اور راکٹ کی طرف بڑھا۔ ابھی وہ لیبارٹری سے باہر نکلا ہی تھا کہ جاوید نے بٹن پر سے پیر اوپر اٹھا لیا۔ اس کے اٹھانے کی دیر تھی کہ کھٹ سے دروازہ بند ہو گیا اور ایک دھماکے کے ساتھ غار کے اوپر کی چھت پھٹ گئی، در راکٹ تیزی کے ساتھ اوپر اٹھنا شروع ہو گیا۔

یہ دیکھ کر سائنس داں پہلے تو پاگلوں کی طرح "رُک جاؤ رُک جاؤ" چلّایا، لیکن راکٹ کے اوپر اٹھنے سے جو شور پیدا ہوا تھا اس میں تو کان پڑی آواز سنائی نہیں دیتی تھی۔ اِس لئے عطیہ اور جاوید کو تو کیا اُس کے آس پاس والوں کو بھی یہ سُنائی نہ دیا کہ وہ کیا کہہ رہا ہے۔

غصّے سے گالیاں بکتا ہوا وہ اپنی لیبارٹری کی طرف بڑھا تاکہ ریڈیو کی لہروں کے طریقے کو خراب کر دے اور راکٹ کو نیچے گرا لے۔ لیکن نہ جانے نرس کے جی میں کیا آئی کہ وہ اُچھل کر لیبارٹری کے دروازے کے سامنے آ کھڑی ہوئی اور جتنی دیر میں وہ نرس کو دھکا دے کر لیبارٹری میں داخل ہوا، راکٹ نظروں سے اوجھل ہو چکا تھا۔

سائنس داں نے ریڈیو کنٹرول کی لہروں کے ہینڈل پر ابھی ہاتھ رکھا ہی تھا کہ وہی نرس بھوکی شیرنی کی طرح ایک بار پھر اُس پر جھپٹ پڑی اور اسے نیچے گرا دیا، لیکن اس چھینا جھپٹی میں ہینڈل قدرے ہل گیا اور سامنے ڈائیل

پر گھڑی کی سوئی کا رُخ چاند پر سے اُڑ کر کسی اور سیارے کی طرف ہو گیا جس کا نام سائنس داں نے خود ہی لکھ رکھا تھا ـــــــ اور وہ تھا اندھا ستارہ۔

سائنس داں نے غصّے میں آکر نرس کو نیچے پٹک اور خود پھر ہینڈل کی طرف بڑھا۔ لیکن قسمت کی خوبی دیکھئے کہ نرس کا ہاتھ ایک ایسے بٹن پر جا پڑا جس پر ہاتھ رکھنے سے آگ جل اُٹھتی تھی اور وہ سائنس داں نے اس لئے لگا رکھا تھا کہ اگر کسی نہ کسی طرح دشمن غار تک آپہنچے تو اس بٹن کو دبا کر ہر ایک چیز کو آگ لگا دی جائے تاکہ اس کی کسی چیز سے کوئی دوسرا فائدہ نہ اٹھا سکے۔

بٹن دباتے ہی آگ کے شعلے بلند ہونا شروع ہوئے جنہوں نے ہر ایک چیز کو اس طرح نگلنا شروع کر دیا جیسے بڑے بڑے دیو چھوٹے چھوٹے انسانوں کو ہڑپ کر جاتے ہیں۔ سائنس داں غصّے سے پاگل ہو رہا تھا اور اسی غصّے میں، آکر نرس کو آگ میں پٹک دیا۔ لیکن نرس قہقہے لگاتی ہوئی اُٹھ کھڑی ہوئی۔ اس لئے کہ سائنس داں ہی کے کمال کی وجہ سے آگ اس پر اثر نہیں کر سکتی تھی۔

جلتے ہوئے شعلوں میں ریڈیو کی لہروں کو کنٹرول کرنے والا ہینڈل گھمانے کے لئے سائنس داں نرس کو پیروں میں روندتے ہوئے ہینڈل کی طرف بڑھا۔ لیکن ڈائل پر سوئی کا رُخ دیکھ کر اس نے اپنا سر پیٹ لیا۔

اور بھڑکتے ہوئے شعلوں میں بے ہوش ہوکر گر پڑا کیوں کہ ریڈیو کنٹرول کی سُوئی ایک بار پھر صفر پر پہنچ چکی تھی جو یہ ظاہر کر رہی تھی کہ یہ لوگ زمین کی ریڈیو لہروں کی گرفت سے آزاد ہو چکے ہیں اور اب لیبارٹری سے راکٹ کی رفتار یا راستے کو کنٹرول نہیں کیا جا سکتا تھا۔

بٹن دبانے پر جب راکٹ اوپر اٹھنے لگا تو دونوں گھبرا گئے۔جاوید نے بٹن دوبارہ دبانا چاہا کہ وہ نیچے آجائے لیکن عطیہ نے اُچھل کر اسے روک دیا " یہ کیا کر رہے ہو بھیّا" وہ چلّائی "ہم پھر قید ہو جائیں گے۔اب تو اسے اُڑا کر امّی کے پاس لے چلو"۔
"پگلی" جاوید بولا " امّی کے پاس یہ کیسے پہنچے گا۔ہم تو چاند پر جا رہے ہیں"
"لیکن واپس کیوں نہیں موڑ لیتے ؟" عطیہ نے پوچھا۔
" اس پر ہمارا اختیار نہیں ہے۔ یہ صرف چاند تک جا سکتا ہے یا اُس دنیا تک جہاں تک کہ اس کے ریڈیو کی لہریں لے جائیں۔" اتنے میں راکٹ کو بہت زور کا جھٹکا لگا اور انہیں ایسا محسوس ہوا کہ کئی طرف سے راکٹ کو بہت بڑی بڑی زنجیروں کے ساتھ کھینچا جا رہا ہے اور وہ بیچ میں لٹک کر رہ گئے ہیں۔ جاوید کا یہ دیکھ کر رنگ اُڑ گیا کیوں کہ اس نے کنٹرول کی سُوئی سے دیکھ لیا کہ وہ بہت زور سے گھومنا شروع ہو گئی

ہے اور اس نے چند ہی سیکنڈوں میں گھڑی کے کئی چکر کاٹ لئے ہیں۔" وہ بدمعاش ضرور کوئی گڑبڑ کر رہا ہے۔" جاوید بڑبڑایا۔ لیکن اللہ سے دعا کرنے کے سوا اور وہ دونوں کر بھی کیا سکتے تھے۔

آخر انہوں نے دیکھا کہ ڈائل کی سوئی چاند کی بالکل اُلٹی سمت پر جا کر یعنی جنوب کی طرف مڑی اور ٹھہر گئی ہے جہاں پر "اندھا سیارہ" لکھا تھا۔

"یہ کیا" عطیہ نے پوچھا۔

"کچھ نہیں بس اب ہم چاند کے بجائے "اندھے سیارے" پر جائیں گے۔"

"لیکن بھیا ہمارے پاس تو وہ سامان اور وردیاں بھی نہیں ہیں جو سائنسداں کے پاس تھیں۔ ہم وہاں کیسے پہنچیں گے۔"

"شاید اس سیارے پر ان چیزوں کی ضرورت نہ ہو۔" جاوید نے جواب دیا۔

"اگر ہوئی تو؟" عطیہ نے پھر پوچھا۔

"تو مر جائیں گے" جاوید نے چڑ کر جواب دیا اور راکٹ کے سامنے لگی ہوئی دُوربینوں سے باہر کا نظارہ دیکھنے میں مصروف ہو گیا۔

باہر اس نے سب سے حیرت ناک بات یہ دیکھی کہ روشنی کا رنگ سفید نہیں تھا بلکہ زرد تھا۔ راکٹ سے دُور کچھ پرندے سے اُڑ رہے تھے جو مچھلیاں معلوم ہوتی تھیں۔ کچھ دیر بعد راکٹ ان کے قریب پہنچ گیا تو معلوم ہوا کہ مچھلیاں نہیں تھیں بلکہ کچھ عجیب ہی شکل کے چھوٹے چھوٹے

ہوائی جہاز تھے جو سینکڑوں کی تعداد میں اوپر نیچے آسمان میں چکر لگا رہے تھے۔ ان کے مقابلے میں عطیہ اور جاوید کا راکٹ ایک بہت بڑا قلعہ معلوم ہوتا تھا۔ یہ ہوائی جہاز راکٹ کے اوپر کی طرف اُڑ نہیں رہے تھے بلکہ یوں لگتا تھا کہ ہوا میں تیرتے، قلا بازیاں لگاتے اور اٹھکھیلیاں کر رہے ہوں۔ راکٹ کو دیکھ کر وہ بھی چوکنے ہو گئے اور دھڑا دھڑ ہر ایک اُڑن مچھلی میں سے سُرخ رنگ کا ایک لاوا سا نکلنا شروع ہو گیا۔ اور راکٹ اس میں پھنس کر رہ گیا۔ جاوید نے ذرا غور سے دیکھا تو ان اُڑن مچھلیوں میں جو لوگ بیٹھے تھے وہ اتنے چھوٹے چھوٹے تھے کہ ان کے سر ٹینس کی چھوٹی گیند سے بڑے نہ تھے اور آنکھیں کبوتر کی آنکھوں جیسی تھیں۔ ایک اور حیرت انگیز بات یہ تھی کہ ان کے جسم پر کوئی لباس نہیں تھا، لیکن سارا جسم بہت خوب صورت پروں سے لپٹا ہوا تھا ——— اسی لئے ان کی اُڑن مچھلیاں بڑے بطخوں سے زیادہ بڑی نہیں تھیں۔ راکٹ کو اوپر اٹھتے دیکھ کر انہوں نے لاوا چھوڑنے کے ساتھ ساتھ کچھ عجیب قسم کی آوازیں نکالیں۔ ان آوازوں کے نکلتے ہی ساری فضا میں سینکڑوں اور اُڑن مچھلیاں آن موجود ہوئیں اور انہوں نے راکٹ کے چاروں طرف گھومنا شروع کر دیا۔ اپنے راکٹ کو ان ہزاروں مچھلیوں کے درمیان پھنسا ہوا دیکھ کر جاوید اور عطیہ دونوں پریشان

ہو گئے۔ لیکن عطیہ نے ہمت نہیں ہاری اور وہ بڑی مشکل سے اپنی سیٹ پر سے اٹھی اور اس نے راکٹ کے پیچھے کی طرف دیکھنا شروع کیا۔ جیم اور انڈوں کو دیکھ کر اس کے مونہہ میں پانی بھر آیا اور ایک بار تو اس کا جی چاہا سب دھیان چھوڑ کر وہ انہیں کھانا شروع کر دے۔ لیکن جب زندگی کے لالے پڑے ہوں تو بھلا جیم کھانے اور انڈے اُڑانے کی فرصت کسے ہوتی ہے اس نے اِدھر اُدھر ٹٹولنا شروع کر دیا۔ اتفاق سے اس کا ہاتھ ایک بڑے سے سفید بٹن پر پڑ گیا۔ اس نے محض تماشہ دیکھنے کی خاطر اسے دبا دیا۔ اسے دباتے ہی اتنے زور کا دھماکہ ہوا کہ جاوید بھی اپنی سیٹ سے اُچھل پڑا اور عطیہ بھی دھکا کھا کر بہت دُور جا پڑی۔ غصّے سے جاوید نے عطیہ کی طرف دیکھا اور اسے اپنی جگہ پر چپ چاپ بیٹھنے کا حکم دے دیا۔

عطیہ تو چُپ چاپ بیٹھ گئی لیکن راکٹ کے باہر ساری فضا میں ایک سبز رنگ کا دھواں پھیل گیا۔ اس دھوئیں کے پھیلتے ہی اُڑن مچھلیوں نے اپنے سُرخ لاوا کو تیزی سے چھوڑنا شروع کر دیا اور راکٹ ایک بار پھر ڈانوا ڈول ہو گیا۔ لیکن جوں جوں راکٹ سے چھوڑا ہوا سبز دھواں پھیلتا گیا اُڑن مچھلیوں نے آہستہ آہستہ نیچے کی طرف لڑھکنا شروع کر دیا۔

دراصل بات یہ تھی کہ ان اُڑن مچھلیوں میں اُڑنے والے باشندے "موتی سیارے کے رہنے والے تھے جن کی مرّیخ سیارے کے رہنے والوں کے ساتھ زبردست دشمنی تھی۔ چونکہ مرّیخ سیارے والے لوگ دیوہیکل انسان تھے۔ اِس لئے اُڑن مچھلیوں میں اُڑنے والے ان باشندوں نے عطیہ اور جاوید کے راکٹ کو بھی مرّیخ والوں کا راکٹ سمجھا تھا جو چپکے سے موتی سیارے پر حملہ کرنا چاہتے تھے۔ اسی لئے انہوں نے راکٹ کو گرانے کے لئے اپنا خاص زہر اور سُرخ مادّہ چھوڑنا شروع کر دیا تھا۔ یہ ایک ایسا ہتھیار تھا جس کا توڑ مرّیخ والے ابھی تک پیدا نہیں کر سکے تھے۔ اِدھر سائنس داں بھی کچّی گولیاں نہیں کھیلا ہوا تھا۔ وہ جانتا تھا کہ راکٹ پر حملہ ہو سکتا ہے اس لئے اس نے ایک ایسی زہریلی گیس کی ایجاد کی تھی جو راکٹ کے چلنے کے ساتھ ساتھ بنتی چلی جائے! اس گیس میں خاص بات یہ تھی کہ وہ دشمن کے ہوائی جہازوں کے کل پُرزوں کو چلنے کے ناقابل بنا دیتی تھی۔

اس گیس کے فضاء میں پھیلتے ہی اُڑن مچھلیاں دھڑا دھڑ نیچے گرنا شروع ہو گئیں۔ اور جو باقی بچیں وہ چلّاتی ہوئی موتی سیارے کی طرف اُڑ گئیں۔

بڑی دیر کے بعد فضا صاف ہوئی تو انہوں نے بہت دُور دیکھا کہ چاندی کا ایک بہت بڑا فٹ بال ہوا میں لٹک رہا ہے اور یہ تمام اُڑن مچھلیاں اُسی کی طرف بھاگی جا رہی ہیں۔

اُڑتے اُڑتے انہیں اب تک چالیس پچاس گھنٹے ہو گئے تھے۔ لیکن حیرانی کی بات یہ تھی کہ عطیہ اور جاوید کو نہ تو نیند آتی تھی اور نہ ہی کسی قسم کی تھکاوٹ محسوس ہوتی تھی۔ جس کی وجہ یہ تھی کہ سائنس داں نے اس راکٹ میں ایک ایسا آلہ فِٹ کیا ہوا تھا جو پنکھے کی طرح چلتا تھا اور جس سے نکلنے والی ہوا کے نیچے بیٹھ کر آدمی نہ تھک سکتا تھا اور نہ نیند محسوس کر سکتا تھا۔

ہاں بھوک ضرور لگتی تھی اور اتنی زیادہ لگتی تھی کہ اکیلی عطیہ پچاس انڈے اور دس ڈبل روٹیاں کھا گئی۔ جاوید کو چونکہ انڈے پسند نہیں تھے اس لئے عطیہ اُسے راکٹ کے اسٹور سے بُھنے ہوئے مُرغ نکال نکال کر دیتی گئی اور جاوید نے اس طرح چالیس پچاس مُرغ کھا لئے ہوں گے۔

اچانک عطیہ کو خیال آیا کہ راکٹ کو چلے ہوئے تو پچاس گھنٹے گزر چکے ہیں لیکن رات ایک بار بھی نہیں ہوئی اور ہر وقت دن ہی نکلا رہتا ہے۔ اس نے جاوید سے رات نہ ہونے کی وجہ پوچھی۔ جاوید بھی اسے کچھ بتا نہ سکا۔ لیکن پھر اسے خیال آیا کہ وہ اتنی تیز رفتار سے اُڑ رہے ہیں کہ ہر روز رات ہونے سے پہلے ہی رات ہونے والے علاقے سے آگے نکل جاتے ہیں۔

اب راڈر کنٹرول کی سُوئی نے بتانا شروع کیا کہ اندھے سیارے کے بہت نزدیک آ رہے ہیں اس لئے کہ راکٹ کے اندر کے پنکھے چلنے بند ہو گئے تھے اور راکٹ دھیرے دھیرے نیچے اُتر رہا تھا۔

ان کے آس پاس چاروں طرف نیلے رنگ کی ایک عجیب سی روشنی تھی اور یوں محسوس ہوتا تھا کہ ہر ایک چیز کا رنگ نیلا ہی ہے۔

عطیہ اور جاوید راکٹ میں لگے ہوئے شیشوں سے باہر جھانک رہے تھے کہ اچانک عطیہ بہت زور سے چیخی، جاوید بھی گھبرا گیا کیونکہ سامنے سے ایک بہت بڑا پہاڑ اُڑتا ہوا راکٹ کی طرف آ رہا تھا۔ جاوید نے راکٹ کا رُخ موڑنا چاہا لیکن اب تک وہ بہت نیچے آ چکے تھے اور ان کے چاروں طرف بڑی بڑی چٹانیں اور پہاڑ اُڑتے پھر رہے تھے۔ ان کے نیچے ایک بہت بڑا سیاہ گولہ تھا جہاں سے چٹانیں، پہاڑ اور بڑے بڑے درخت بگولوں کی صورت میں اوپر یوں اٹھ رہے تھے جیسے کھولتے ہوئے پانی سے بھاپ اُٹھ رہی ہو۔

لیکن جاوید اور عطیہ کو یہ نظارہ دیکھنے سے زیادہ ان چٹانوں اور پہاڑوں سے خوف محسوس ہو رہا تھا جو بڑی تیزی کے ساتھ راکٹ کی طرف بڑھ رہے تھے۔ اور ایسا معلوم ہوتا تھا کہ پہاڑ چند منٹوں میں راکٹ سے ٹکرا کر اسے چکنا چور کر دیں گے۔

ہوا میں بڑے بڑے پتھر ایسے اُڑ رہے تھے جیسے آندھی میں سوکھے پتے۔ لیکن سب سے خوف ناک چیز بڑی بڑی چٹانیں تھیں جو چاروں طرف سے راکٹ کی طرف آ رہی تھیں۔ ایک چٹان تو اس قدر نزدیک آ گئی کہ عطیہ

"ہائے امّی" کہہ کر بے ہوش ہو گئی اور جاوید نے سوچا کہ وہ مر کر دوسری دنیا میں پہنچ چکا ہے۔

کیوں کہ یہاں سے نکل بھاگنا نا ممکن تھا اِس لئے اس نے اپنے آپ کو قسمت کے رحم و کرم پر چھوڑ دیا۔

اُس کا خیال تھا کہ راکٹ اور چند ہی سیکنڈوں میں چکنا چور ہو کر نیچے گر جائے گا۔ لیکن چند منٹوں کے بعد اس نے آنکھیں مل کر دیکھا تو یہ بھاری بھاری پہاڑ ہوا میں لڑھکتے ہوئے دُور جا پڑے تھے۔ اُسے اس طرح بال بال بچ جانے کا راز سمجھ میں نہیں آ رہا تھا، کہ اتنے میں ہوا میں اُڑتے ہوئے پتّھروں اور چٹانوں کا ایک اور ریلا آیا۔ اور آ کر راکٹ سے ٹکرا گیا۔ ٹکرانے کے بعد وہ اس طرح سے دُور جا پڑے جیسے کاغذ یا گتّے کے بنے ہوئے ہوں۔

"بھُوت" جاوید نے سوچا —— وہ ہمیں تنگ کرنے کی کوشِش کر رہے ہیں۔

اُس نے راکٹ سے نیچے جھانک کر دیکھا اب بہت بڑا تاریک گولا کہیں نظر نہیں آتا تھا۔ اس کے بجائے چند ہزار فٹ نیچے سیاہ زمین اور کالے پتّھروں والے پہاڑ تھے۔ جن پر نہ کوئی انسان نظر آتا تھا اور نہ جانور۔

چند ہی منٹوں میں ان کا راکٹ زمین پر جا لگا لیکن راکٹ زمین پر آ کر رُک

جانے کی بجائے نیچے ہی نیچے دھنستا چلا گیا ——— جاوید کو یوں لگا جیسے وہ کسی قبر میں دفن ہو رہے ہوں، لیکن جب سارا راکٹ زمین میں چلا گیا اور صرف اس کا اوپر والا سرا ہی زمین کی سطح پر رہ گیا تو وہ زمین میں دھنسنے سے رُک گیا۔ اور اس کی چلتی ہوئی مشین خود بخود رُک گئی۔

بہت کوشش کے بعد جاوید نے راکٹ کی چھت کو کھولا۔ جاوید اور عطیہ دونوں باہر نکل آئے۔ ان کے باہر نکلتے ہی جاوید نے عطیہ کو دیکھ کر ایک چیخ ماری کیوں کہ وہ اپنے آپ زمین سے اوپر اٹھ رہی تھی۔ اسے پکڑنے کے لئے جاوید نے قدم آگے بڑھایا تو وہ اس سے سینکڑوں فٹ دور جا پڑا۔ وہاں سے اٹھ کر عطیہ کی طرف بڑھنے ہی لگا تھا کہ عطیہ کے اوپر سے پھلانگتا ہوا ایک ہزاروں فٹ اونچے پہاڑ کی چھت پر جا بیٹھا۔ عطیہ بھی ہوا میں چھلانگیں لگاتی، اس کی طرف اڑتی ہوئی آ رہی تھی۔

جاوید نے اس ڈر سے کہ وہ پھر نہ اُڑ جائے ایک بہت بڑے پتھر کا سہارا لے لیا۔ اتنے میں عطیہ بھی اُڑتی ہوئی آن پہنچی اور دونوں نے ایک دوسرے کو زور سے پکڑ لیا ——— وہ ابھی یہ سوچ ہی رہے تھے کہ نیچے کیسے اتریں کہ ہوا ذرا سی تیز چلنی شروع ہو گئی اور ایک بہت بڑا پتھر اڑ کر ان کی طرف آیا ——— بلا سوچے سمجھے انہوں نے ایک جھٹکے کے ساتھ اپنا سر نیچے کیا۔ لیکن ذرا سے جھٹکے ہی سے وہ پتھر جس کا وہ سہارا لئے بیٹھے تھے لڑھک

گیا اور وہ ہزاروں فٹ نیچے آ گرے۔ اسی طرح لڑھکتے اور اڑتے ہوئے انہیں کئی گھنٹے گزر گئے۔ آخر عطیہ اور جاوید اس اونچے پہاڑ پر پہنچنے میں کامیاب ہو گئے جس کی کھائی میں راکٹ دھنسا ہوا تھا۔ انہوں نے بہت بڑے پتھروں کو زور سے پکڑ لیا اور نیچے کی طرف چھلانگ لگا دی۔ لیکن نیچے ایک دم گرنے کی بجائے وہ دھیرے دھیرے نیچے اُتر رہے تھے جیسے پیراشوٹ کے سہارے نیچے اُتر رہے ہوں۔

آخر وہ راکٹ میں آ ہی گئے۔

راکٹ میں پہنچتے ہی جاوید نے زور سے اس کا ہینڈل پکڑ لیا کہ کہیں پھر اُڑ کر دُور نہ جا پڑے، لیکن چند ہی لمحوں بعد اسے پتہ چل گیا کہ راکٹ میں زمین کی اتنی کشش موجود ہے کہ وہ آسانی سے بغیر اُڑے اس میں کھڑے ہو سکتے ہیں۔ انہوں نے آہستہ آہستہ بہت محنت کے ساتھ راکٹ میں سے فالتو چیزیں باہر نکالیں۔ انہوں نے سونے کے لئے جگہ بنانے کے لئے لوہے کی بھاری کرسی بھی باہر نکال کر رکھ دی۔ لیکن دوسرے ہی لمحے وہ کرسی اُڑ کر دُور جا پڑی۔ وہ بے چارے دبک کر بیٹھے رہنا چاہتے تھے کہ باہر نکل کر کہیں پھر دُور نہ جا پڑیں۔ اتنے میں عطیہ کی نظر ربڑ کی دو بڑی بڑی ٹیوبوں پر پڑی جیسے وہ موٹر کے ٹائیر کی ٹیوبیں ہوں جنہیں تیرنے کے لئے استعمال کیا جاتا ہے۔

"یہ ہمارے کس کام کی" جاوید نے عطیہ سے کہا اور انہیں بھی راکٹ سے

باہر پھینک دیا۔ لیکن وہ اتنی ہلکی پھلکی ہونے کے باوجود بھاری لوہے کی طرح دھم سے باہر کی زمین پر گر پڑیں۔ یہ وہ ٹیوبیں تھیں جنہیں سائنس داں نے راکٹ میں اس خیال سے رکھا تھا کہ جن ستاروں میں زمین کی کشش کم ہو وہاں یہ پہن لی جائیں۔ ان میں ایسا مادّہ موجود تھا جو زمین کی طرف خاص کشش رکھتا تھا اور جنہیں پہننے سے آدمی ہلکی کشش والی زمین پر بھی بالکل اسی طرح چل سکتا تھا جس طرح عام زمین پر چلتا تھا۔

اور چونکہ وہ جانتا تھا کہ ان تمام ستاروں میں زمین کی کشش کم ہے اس لئے اس نے راکٹ میں بھی ایسے آلے فٹ کر دیئے تھے جن کی وجہ سے وہ زمین پر اُترتے ہی کافی نیچے دھنس جائے تاکہ اوپر اُبھرنے کا موقع ہی نہ ملے۔

پہلے تو ان دونوں کو ان ٹیوبوں کا خیال نہ آیا لیکن جب ان کو پڑے پڑے کئی گھنٹے گزر گئے اور نہ چلنے کی تھکاوٹ کے باعث ان کی ٹانگیں دُکھنے لگیں تو وہ ڈرتے ڈرتے پھر باہر آئے وہاں وہ ٹیوبیں ویسی کی ویسی پڑی تھیں۔ حالانکہ ان سے بہت بھاری چیزیں ہوا میں ریت کے ریزوں کی طرح اڑتی پھر رہی تھیں۔

انہوں نے ٹیوبوں کو پکڑا ہی تھا کہ ان کے پاؤں اچھی طرح زمین پر پڑنے لگے۔ یہ دیکھ کر وہ بہت خوش ہوئے اور دونوں نے ایک ایک ٹیوب گلے میں پہن لی اور یوں ٹہلنے لگے جیسے اپنے باغیچے میں ٹہلا کرتے ہوں۔

یہ ستارہ بہت عجیب و غریب تھا۔ ایٹمی طاقت سے چلنے والی راکٹ

کی گھڑی کے مطابق انہوں نے حساب لگایا کہ انہیں اس سیارے پر پہنچے ہوئے دو سو سے زیادہ گھنٹے ہو گئے تھے لیکن ابھی تک ایک ہی طرح کی روشنی تھی یعنی ہر طرف سبز ہی سبز نظر آ رہا تھا۔ بہت دُور چاند کی صورت کا ایک گول سا سیارہ چمک رہا تھا لیکن اس سے ہمارے چاند کی روپہلی کرنوں کے بجائے سبز روشنی چھن رہی تھی۔ یہ دن تھا یا رات اس کا انہیں کچھ پتہ نہیں چل سکا۔ ہاں ایک بات ضرور تھی کہ انہیں نیند بھی نہیں آتی تھی اور بھوک بھی بہت معمولی لگتی تھی اور وہ بھی صرف اُسی وقت جب وہ کسی کام سے راکٹ کے اندر جاتے۔ اِسی طرح چالیس گھنٹے اور یعنی دو سو چالیس گھنٹے گزرنے پر انہیں محسوس ہوا کہ فضا کا رنگ بدل رہا ہے۔ دھیرے دھیرے ہر چیز کی رنگت بدلنا شروع ہو گئی اور جہاں چند گھنٹے پہلے چاروں طرف سبز ہی سبز تھا وہاں اب ہر چیز سُرخ ہونا شروع ہو گئی۔ دُور پہاڑوں سے پرے انہیں سورج کی قسم کا بہت بڑا سُرخ ہالہ اُبھرتا ہوا دکھائی دیا اور انہوں نے سوچ لیا کہ اب تک رات تھی اور اب صبح ہو گئی۔ لیکن اس سیارے کی ہر چیز کی طرح وہاں کے دن رات بھی نرالے تھے یعنی رات ہمارے دس دن اور دن ہمارے بیس دن کے برابر تھا۔ ساری زمین پر کہیں کسی پودے کا نام و نشان نہ تھا۔ ہاں سیاہ رنگ کے بڑے بڑے پتھروں میں سے کہیں کہیں سُرخ شہتوت کی قسم کے کچھ پھل اُگے نظر آ جاتے تھے۔ عطیہ اور جاوید نے انہیں کھا کر دیکھا تو وہ بہت ہی مزے دار تھے اس لئے یہ لوگ یہی شہتوت کھا کر اپنا پیٹ بھرنے لگے۔

ایک روز جب وہ راکٹ سے نکلے تو انہوں نے دیکھا کہ وہ بہت بڑی سی پہاڑی کہیں غائب ہو چکی ہے اور اس کی جگہ ریت کا ایک بہت بڑا ڈھیر وہاں پڑا ہے۔ گلے میں ٹیوبیں ڈالے وہ پاس دیکھنے لگے کہ پہاڑی کو کیا ہوا کہ انہیں ہوا میں اڑتا ہوا ایک عجیب و غریب لیکن بہت ہی خوفناک جانور دکھائی دیا۔ اس کا جسم کوئی دو ہاتھیوں کے برابر ہوگا۔ رنگ بھی ہاتھیوں ہی جیسا سیاہ تھا اور ہاتھیوں ہی کی طرح اس کی چار ٹانگیں تھیں لیکن وہ پرندوں کی طرح اُڑتا تھا اور اس کی پیٹھ پر دو عجیب طرح کے پر تھے اور مونہہ میں ہاتھی کی سونڈ کے بجائے کوئی چار گز لمبی چونچ تھی۔
انہوں نے دیکھا کہ اُڑتے اُڑتے وہ پتھروں کو چونچ سے ٹھونگ لگاتا اور چونچ کے چند ہی ٹھونگوں سے انہیں ریت بنا دیتا۔ جانور کو اپنی طرف آتا دیکھ کر وہ دونوں ڈر کر اپنے راکٹ میں چھپنے کے لئے دوڑے۔ لیکن ابھی راکٹ کے مونہہ ہی تک پہنچ پائے تھے کہ اس خوف ناک پرندے نے "گیں گیں" کی بھیانک آوازیں نکالتے ہوئے عطیہ کو چونچ میں پکڑ لیا اور نگل لیا۔
یہ دیکھتے ہی جاوید بے ہوش ہو گیا۔ دوسرے لمحے یہ خوف ناک جانور اُسے بھی نگل چکا تھا۔

عطیہ اور جاوید کو نگلنے کے بعد اُس اُڑن ہاتھی کی اُڑان ہلکی ہو گئی۔ اُس نے پر ہلا ہلا کر اُڑنے کی بہت کوشش کی لیکن وہ اُڑ نہ سکا کیوں کہ عطیہ اور جاوید کششِ زمین کی ٹیوبیں پہن کر اس کے پیٹ کے اندر جا چکے تھے۔

اور اب اتنے بڑے جانور کے لئے اُڑنا مشکل ہو رہا تھا اس لئے وہ ہانپتا ہوا زمین پر لیٹ گیا۔

اِدھر عطیہ اور جاوید نے اس کے پیٹ میں پہنچ کر بہت دیر کے بعد آنکھیں کھولیں تو دیکھا کہ اس جانور کا پیٹ ایک بہت بڑے خالی تھیلے کی طرح تھا اور اس میں عطیہ اور جاوید آسانی کے ساتھ سیدھے کھڑے ہو سکتے تھے ـــــ انہیں سانس لینے کی مشکل ضرور تھی لیکن وہ بھی حل ہو گئی اس لئے کہ ہانپتے ہوئے اُڑن ہاتھی نے اپنی بڑی سی چونچ کھول دی تھی۔ اور اس میں سے روشنی کی ایک چھوٹی سی لکیر ان تک پہنچ رہی تھی۔

"ایک نئی مصیبت" عطیہ نے رونی صورت بنا کر کہا۔

جاوید نے اِس بات کا کوئی جواب نہیں دیا کیوں کہ وہ چپ چاپ بیٹھا یہ سوچ رہا تھا کہ اس مصیبت کا کیا حل نکالا جائے۔ اچانک اس کا چہرہ خوشی سے تمتما اٹھا۔ اس نے اپنی جیب سے وہ چھوٹا سا چاقو نکالا جو اس کے ابا جان نے اس کے ضد کرنے پر لے کر دیا تھا، اور جسے وہ ہمیشہ اپنی جیب میں رکھتا تھا۔

"چرار" اُس نے چاقو اُڑن ہاتھی کے پیٹ کے اندر کی طرف چلا دیا۔ ہاتھی کا گوشت تو یوں کٹ گیا گویا وہ کاغذ ہو۔ لیکن اس کے کٹتے ہی ہاتھی نے زور زور سے چنگھاڑنا شروع کر دیا ـــــ اور زمین ہی پر اُس طرح

لوٹ پوٹ ہونے لگا کہ کئی بار عطیہ اور جاوید پیٹ کے اندر ہی اندر قلابازیاں کھا گئے۔

اِسی کوشش میں نہ جانے کتنے گھنٹے گزر گئے۔اتنے چھوٹے چاقو سے جانور کی کھال کاٹتے کاٹتے جاوید تنگ آگیا لیکن پھر بھی اُس نے ہمت نہ ہاری۔

آخر اُڑن ہاتھی تکلیف کے مارے چنگھاڑتے چنگھاڑتے ہانپ کر گر گیا اور عطیہ اور جاوید اس کا پیٹ چیر کر باہر آ گئے۔لیکن ان کی حیرت کی کوئی انتہا نہ رہی جب انہوں نے دیکھا کہ ہاتھی منوں خون نکل جانے اور پیٹ کٹ جانے کے باوجود زندہ تھا اس لئے کہ اس سیارے پر کوئی مر ہی نہیں سکتا تھا۔شاید یہی وجہ تھی کہ اللہ تعالےٰ نے وہاں پر سوائے اِسی اُڑن ہاتھی کے اور کوئی جان دار پیدا ہی نہیں کیا تھا۔

ہر روز جب یہ لوگ اپنے راکٹ سے باہر نکلتے تو یہ ہاتھی انہیں کالی سی چٹانوں پر لیٹا ہوا بِل جاتا اور آس پاس اُس کا خون نہر کی صورت میں اکٹھا ہو گیا تھا۔لیکن اب ایک اور مصیبت تھی کہ پیٹ سے باہر آتے وقت عطیہ اور جاوید کے کپڑے خون سے بھیگ گئے تھے۔ان کے پاس بدلنے کے لئے کوئی اور کپڑے تو تھے نہیں اس لئے انہوں نے سوچا تھا کہ یہیں سوکھ جائیں گے۔لیکن وہ کئی دن گزرنے پر بھی ویسے کے ویسے ہی

گیلے تھے۔

بعد میں غور سے ہر ایک چیز کا جائزہ لینے پر جاوید کو پتہ چلا کہ اس سیارے میں ہر چیز ہی نرالی تھی اور ایک نرالی بات یہ تھی کہ نہ کوئی چیز کبھی سوکھتی تھی، نہ بھوک لگتی تھی اور نہ ہی کھانے کی کوئی چیز خراب ہوتی تھی۔

وہاں اسی طرح رہتے رہتے بہت دن گزر گئے تو عطیہ اور جاوید دونوں کو اس سیارے کی عادت سی پڑ گئی۔ ایک روز عطیہ کے من میں خیال آیا کہ کیوں نہ گڈے گڑیا کا بیاہ رچایا جائے۔ لیکن گڈے گڑیا تو تھے نہیں اس لئے جاوید اور عطیہ نے مل کر نئی طرح کی گڑیا اور گڈا سجایا۔

جاوید نے ایک بڑا سا درخت مولی گاجر کی طرح زمین سے اکھاڑ لیا اور اس کی آخری ٹہنی پر اپنا ہیٹ رکھ دیا۔ ہیٹ رکھنے کی دیر تھی کہ ہیٹ اُڑ گیا۔ اسے اُڑتے دیکھ کر جاوید کو کششِ زمین کے نہ ہونے کا خیال آیا۔ اس نے ہیٹ تو ایک بہت بڑے بانس کے ذریعے نیچے گرا لیا۔ لیکن جب دوبارہ پہنایا تو اسے رسّی سے خوب کس کر باندھ دیا۔

اِسی طرح عطیہ نے ایک پتلا سا اور ذرا چھوٹا سا پودا اکھاڑا اور رلے کاغذوں اور چیتھڑوں سے سجا بنا کر دُلہن بنا ڈالا۔

اُس روز پہلی بار انہیں خیال آیا کہ شادی کے موقع پر دعوت ہونی ضروری ہے اس لئے چولہا چڑھانا بھی بہت ضروری ہے۔ جھٹ سے عطیہ

بولی " آؤ جاوید ہم تم دونوں مل کر کھانا بنائیں "

" نہ بھئی نہ میں کیوں بناؤں۔ کبھی لڑکے والے بھی کھانا بناتے ہیں۔ گڈا میرا ہے میں تو کھانا کھاؤں گا۔ اور خبردار جو اچھا نہ پکایا تو "

بے چاری عطیہ نے آج تک کبھی کھانا نہ بنایا تھا اور نہ ہی اسے طریقہ معلوم تھا، لیکن پھر بھی وہ کچھ نہ کچھ بنانے کی تیاریاں کرنے لگی۔ راکٹ میں مختلف قسم کے برتن موجود تھے، اس لئے برتنوں کے لئے تو انہیں پریشان نہ ہونا پڑا ہاں یہ سوال ضرور پیش تھا کہ کیا بنایا جائے۔

جاوید بولا " کھیر بنالو " لیکن کھیر عطیہ کو بالکل پسند نہیں تھی۔ اس لئے اس نے یہ کہہ کر اسے چپ کرادیا کہ " چپ رہو جی! کبھی لڑکے والے بھی یہ بتایا کرتے ہیں کہ وہ کیا کھائیں گے "

جاوید بے چارہ چپ رہا۔

لیکن دوسرے ہی لمحے عطیہ کو جاوید کی مدد کی ضرورت پڑی اور بڑی منت سماجت کے بعد عطیہ نے جاوید کو راضی کرلیا کہ وہ راکٹ میں رکھی ہوئی ماچس لاکر آگ جلادے اس لئے کہ عطیہ کو آگ جلانی بھی نہیں آتی تھی۔

جاوید ماچس تو لے آیا۔ اس نے جھٹ سے دیا سلائی جلا بھی لی لیکن ہزار کوششوں کے باوجود نہ لکڑیوں کو آگ لگتی تھی اور نہ ہی دیا سلائی کا شعلہ بجھتا تھا۔

اتفاق سے جاوید کا ہاتھ شعلے کو چھو گیا۔ پہلے تو وہ گھبرایا لیکن پھر دوسرے ہی لمحے اس نے شرارتاً دیا سلائی عطیہ پر پھینک دی۔

"ہائے میں جل گئی۔ ہائے میں جل گئی" چلاتی ہوئی عطیہ دوڑی لیکن اس کی نظر جلتی ہوئی تیلی پر پڑی جو اس کی فراک پر پڑی ہوئی جل رہی تھی۔ لیکن فراک جوں کی توں ہی تھی۔ آخر اس نے ہمت کر کے اس کو ہاتھ لگایا تو وہ پھول کی طرح ٹھنڈی تھی۔

"کیا مشکل ہے بھیا۔ اب تو کھانا پکا بھی نہیں سکتے۔ اس نگوڑے اندھے جزیرے میں" عطیہ بولی۔

"ارے یہ کیا؟" جاوید نے گھبرا کر آسمان کی طرف دیکھا جہاں ایک سیاہ گدھ کی قسم کا جانور بہت پھڑپھڑاہٹ کے ساتھ چکر لگا رہا تھا۔

لیکن چند ہی لمحوں میں انہوں نے دیکھا کہ وہ گدھ نہیں تھا بلکہ قریب قریب ان ہی کی قسم کا ایک راکٹ تھا جو تیزی سے نیچے آ رہا تھا۔

وہ ابھی دوڑ کر اپنے راکٹ میں جانے بھی نہ پائے تھے کہ وہ زمین پر اُتر آیا۔ اُس راکٹ کا دروازہ کھلا اور ایک بہت لمبا نقاب پوش آدمی اس میں سے اُترا۔ اس کے اُترتے ہی دروازہ خود بخود بند ہو گیا اور راکٹ دوبارہ اُڑ گیا۔ یہ دیکھتے ہی وہ آدمی بھی پاگلوں کی طرح ہاتھ پاؤں مارتا ہوا اوپر اٹھا تاکہ اوپر اٹھتے ہوئے راکٹ کو پکڑ لے جو ان کے راکٹ کی طرح زمین کے اندر .

نہ دھنس سکنے کے باعث سیارے کی ہر شے کی طرح اونچا اٹھ رہا تھا ــــ وہ راکٹ تو نقاب پوش انسان سے پکڑا نہ جا سکا لیکن اسے پکڑنے کی کوشش میں ہاتھ پاؤں مارتے ہوئے اس کا نقاب گر گیا تھا، جسے دیکھتے ہی عطیہ اور جاوید دونوں کی چیخ نکل گئی کیوں کہ وہ نقاب پوش وہی خوف ناک سائنس داں تھا جن کا راکٹ یہ اُڑا کر لے آئے تھے اور اب وہ کبھی ہوا میں اُڑتا اور کبھی زمین پر چلتا ہوا بڑی تیزی سے ان کی طرف آ رہا تھا۔

سائنس داں کو اپنی طرف آتا دیکھ کر یہ لوگ یوں سہمے سمٹے بیٹھے رہے جیسے بھیڑ بھیڑیئے کو آتا دیکھتی ہے۔ سائنس داں نے قریب آتے ہی ایک سُرخ سا پاؤڈر ان کی طرف پھینکا جو اُن کی آنکھوں میں جا پڑا اور وہ وہیں بے ہوش ہو کر گر پڑے۔

اس کے بعد سائنس داں نے انہیں مضبوط رسّیوں سے راکٹ کے پچھلے حصّے میں باندھ دیا۔ اور اپنا پہلا راکٹ ہوا میں اُڑتا ہوا ہی چھوڑ کر خود پُرانا راکٹ اُڑا کر "اندھے سیارے" سے اوپر اٹھنا شروع ہو گیا۔

جب جاوید اور عطیہ ہوش میں آئے تو انہوں نے پیچھے ہی سے اُچک کر راکٹ میں لگی ہوئی گھڑی کو دیکھا تو انہیں محسوس ہوا کہ اندھے سیارے سے چلے ہوئے انہیں کئی سو گھنٹے گزر چکے ہیں۔

عطیہ بڑبڑائی "اب ایک نئی مصیبت میں گرفتار ہو گئے"

سائنس داں کے کان بہت تیز تھے۔ اس نے عطیہ کی باتیں سن لیں اور کہا "ستر برس کی دوڑ دھوپ کے بعد تم پکڑے گئے ہو ——— خبردار! اب جو بھاگ کر جانے کی کوشش کی تو میں تم دونوں کو جان سے مار ڈالوں گا۔"

"ستر برس؟" جاوید اور عطیہ نے خوف سے کہا۔

"ہاں ستر برس" سائنس داں کی کھوکھلی آواز پھر گونجی "تم میری ستر برس کی محنت کا شکار ہو۔ تمہارے بھاگنے سے میرا کام ستر برس پیچھے جا پڑا تھا اور وہ اب کہیں مکمل ہوا ہے"

"لیکن ہمیں یہاں آئے تو صرف چند مہینے ہوئے ہیں۔"

یہ سن کر سائنس داں نے ایک خوف ناک قہقہہ لگایا "اِسی لئے تو میں کہتا ہوں کہ تم نے اگر بھاگنے کی کوشش کی یا میرا حکم نہ مانا تو زندگی سے ہاتھ دھو بیٹھو گے۔ کیوں کہ میرے علم کا مقابلہ تم لوگ نہیں کر سکتے۔ سُنو یہاں کا ایک گھنٹہ زمین کے ایک ہفتے کے برابر ہے ——— اس لئے یہاں پر یہاں کے حساب کے مطابق صرف پانچ مہینے چالیس دن رہے ہو لیکن زمین پر اتنے عرصے میں ستر سال گزر چکے ہیں۔ اب تم واپس زمین پر جاؤ گے تو وہاں تمہیں کوئی پہچانے گا بھی نہیں"

"سب جھوٹ" عطیہ اور جاوید نے من ہی من میں سوچا لیکن انہیں کچھ کہنے کی ہمّت نہ ہوئی کیوں کہ سائنس داں کے خوف سے ان کے حواس پہلے ہی

خطا تھے۔

راکٹ اپنی پوری رفتار سے اوپر ہی اوپر اٹھ رہا تھا اور سائنس داں بہت اطمینان سے بیٹھا ایک بہت لمبا سا پائپ پی رہا تھا کہ اچانک وہ چلا اٹھا "یہ کیا" عطیہ اور جاوید نے اُچک کر سامنے کے شیشے سے دیکھا تو ایک بہت بڑا ٹینک ہوا میں اُڑتا ہوا بڑی تیزی سے راکٹ کی طرف آرہا تھا۔

بڑی تیزی اور ہوشیاری کے ساتھ سائنس داں نے ریڈیو کنٹرول راڈر کا رُخ موڑنا چاہا، کیوں کہ وہ یہ جانتا تھا کہ یہ ٹینک زحل سیارے والوں نے تیار کیا ہے جو ہوا میں اُڑتا رہتا ہے اور اس میں خاص بات یہ ہے کہ جب بھی مرّیخ یا زمین سے کوئی راکٹ "زحل" کی طرف آنے کی کوشش کرتا ہے یہ مقناطیسی لہروں کے زور سے اس کی طرف کھنچ آتا ہے اور اسے تباہ کرڈالتا ہے۔ لیکن راڈر کے بدلتے بدلتے ہی ٹینک نے گولہ باری شروع کردی تھی اور ایک ایک دھماکے کے ساتھ یوں محسوس ہوتا کہ ساری فضا میں روشنی کے سینکڑوں سورج پھٹ کر پھیل گئے ہوں۔ ان کی گرمی اس قدر تھی کہ عطیہ اور جاوید کو راکٹ کے اندر بیٹھے بیٹھے پسینہ آگیا۔ خوش قسمتی سے کوئی بم راکٹ کو نہیں چھو پایا تھا لیکن باہر فضا اس قدر گرم ہو چکی تھی کہ راکٹ کے بیرونی حصے نے پگھلنا شروع کردیا تھا۔ بہت پریشانی میں سائنس داں نے راکٹ کا رُخ موڑنا شروع کیا اور وہ بڑی تیزی سے اونچا اٹھ کر بالکل

مخالف سمت میں اُڑنا شروع ہو گیا۔ اس سمت اُڑ کر راکٹ ٹینک سے تو بہت پرے پہنچ چکا تھا کیوں کہ اُڑتے ہوئے ٹینک کی مار تو صرف "زحل" سیارے کے ارد گرد کے فضائی علاقے ہی میں ہو سکتی تھی لیکن اب وہ زحل سیارے کے فضائی علاقے سے کہیں دُور جا چکے تھے اور ڈائل کی سُوئی کا رُخ مرّیخ سیارے کی طرف مڑ چکا تھا۔

بہت دُور نکل جانے کے بعد سائنس داں نے کوشش کی وہ راڈر کا رُخ موڑ کر کسی ویران سیّارے کی طرف چلا جائے۔ لیکن زحل کے علاقے میں ٹینک کی گولہ باری نے سُوئی میں کوئی خرابی پیدا کر دی تھی جس سے یا تو وہ زمین کی طرف مڑ سکتی تھی جو مین اوپر کی سمت میں تھی اور یا مرّیخ کی طرف جا کر ٹھہر جاتی تھی۔ سائنس داں زمین کی طرف جانے سے بہت ڈرتا تھا کیوں کہ وہ جانتا تھا کہ وہاں پر پہنچتے ہی اسے گرفتار کر لیا جائے گا اور اب تو کرۂ زمین پر کوئی ایسی ویران یا سنسان جگہ بھی نہیں رہی تھی کہ وہاں جا کر اپنے تجربات شروع کر دے۔

اس لئے اس نے چار و نا چار مرّیخ کی طرف بڑھنے کا پروگرام بنا لیا۔ اسی لئے اس نے راکٹ کو اپنی معمول کی رفتار پر چھوڑ دیا اور اپنی تقدیر کے آنے والے دنوں کے بارے میں سوچنے لگا۔

نہ جانے اس کے جی میں کیا آیا کہ اس نے رسّیاں کھول کر عطیہ اور جادید

کو بھی آزاد کر دیا۔ اور اپنی پچھلی سیٹ پر بیٹھنے کی اجازت دے دی۔

وہ دونوں بھی پریشان تھے کہ مریخ ستارے میں پہنچ کر کیا ہوگا لیکن کھڑکی کے باہر آسمان میں کچھ اتنی عجیب سی چیزیں تھیں کہ انہیں کچھ زیادہ سوچنے کا موقعہ ہی نہ ملا ——— مثلاً یہ کہ آسمان کا رنگ گہرا زرد ہو گیا تھا اور ہوا میں لہراتے پھرنے والے بادلوں کا رنگ سبز تھا۔ اب تک عطیہ اور جاوید اس قدر آسمان دیکھ چکے تھے کہ انہیں اس بات سے تو حیرانی نہیں ہوئی لیکن یہ دیکھ کر ان کی حیرت کی انتہا نہیں رہی کہ آسمان میں کچھ درخت سے لگے ہوئے ہیں وہ بہت بڑے ہوتے ہوئے بھی بادلوں کی طرح فضا میں تیرتے پھرتے ہیں ——— انہیں دیکھ کر سائنس داں بڑبڑایا "مریخ سیارے کا علاقہ قریب معلوم ہوتا ہے" لیکن اس کے اتنا کہتے ہی کہتے فضا کی رنگت بدل گئی تھی اور اب آسمان زرد نہیں بلکہ فیروزی نظر آرہا تھا۔ نیچے بہت دُور انہیں کچھ کیڑے سے ساری فضا میں بھنبھناتے نظر آئے لیکن چند ہی لمحوں میں پتہ چل گیا کہ وہ کیڑے نہیں انسان ہیں۔ ربڑ کے بہت بڑے بڑے گدّوں پر بیٹھے فضا میں اُڑ رہے ہیں اور ایک دوسرے سے ہنسی مذاق کر رہے ہیں۔

"بھیّا یہ انسان ہیں یا جن بھوت" عطیہ نے جاوید سے پوچھا کیوں کہ ان کی صورتیں بہت ہی عجیب تھیں۔ غور سے دیکھنے پر انہیں معلوم ہوا کہ ان لوگوں کے سر بالکل تھے ہی نہیں۔ نیچے سے اوپر تک گوشت کا ایک لوتھڑا سا چلا گیا تھا اور لوتھڑے

کے مین اوپر دو موٹی موٹی گیندیں باہر کی طرف اُبھری ہوئی تھیں ——
جسامت میں ایک ایک 'لوتھڑا' یوں لگتا تھا جیسے کئی کئی انسانوں سے مِل کر بنایا گیا ہو۔ یہاں تک کہ وہ لمبا چوڑا سائنس داں بھی ان لوگوں کے سامنے ایک ٹھگنا سا بونا لگتا تھا۔

وہ ابھی انہیں غور سے دیکھ ہی رہے تھے کہ ان لوگوں نے راکٹ کو دیکھ لیا اور دیکھ کر زور زور سے چلّانا شروع کر دیا۔ چلّاتے وقت گوشت کے لوتھڑے کا اوپر والا حصّہ صندوق کے ڈھکنے کی طرح کھُل کر پیچھے ہٹ جاتا اور بہت لمبی زبان سانپ کی طرح ہوا میں لہرانے لگ جاتی۔ ان کی آوازیں اس قدر بھیانک تھیں کہ معلوم ہوتا تھا کہ گولہ باری ہو رہی ہے۔ سائنس داں نے انہیں دیکھ کر پہلے تو اپنا سُرخ گیس والا بٹن دبانا چاہا جس سے جاوید بھی موتی ستارے والوں کو شکست دے چکا تھا۔ لیکن پھر کچھ سوچ کر رک گیا اور ایک دوسرا بٹن دبا دیا۔

اس بٹن کے دباتے ہی ایک سفید جھنڈا راکٹ کی چھت میں سے نکل کر لہرانے لگا۔ سفید جھنڈے کو ہوا میں لہراتا دیکھ کر اُن لوگوں نے چلّانا بند کر دیا اور بڑی تیزی سے اپنے ربڑ کے گدّوں کو کھیتے ہوئے راکٹ کی طرف آنے لگے۔ راکٹ کی طرف آتے ہوئے عطیہ اور جاوید نے ان میں ایک اور چیز دیکھی کہ ان کے جسم پر کوئی کپڑا نہیں تھا لیکن وہ جب چاہتے اپنی بہت لمبی باہیں اپنے گوشت کے لوتھڑے جیسے دھڑ سے نکال لیتے اور جب چاہتے

انہیں کچھوے کے سر کی طرح کھال کے اندر چھپا لیتے۔

سائنس داں نے راکٹ کا انجن بند کر دیا تھا تاکہ اب وہ اپنے آپ مریخ سیارے پر آن گرے۔ اور چند ہی لمحوں میں بہت سے ربڑ کے گدّوں پر تیرتے ہوئے آنے والے راکٹ کے ارد گرد اکٹھے ہو چکے تھے۔ انہوں نے جھپٹ کر راکٹ کو اِدھر اُدھر سے پکڑ لیا تھا اور اپنے گدّوں کو نیچے چھوڑ دیا تھا۔ ایک دھچکے کے ساتھ راکٹ نیچے آن لگا۔ ڈرتے ڈرتے سائنس داں نے کھڑا کرنے کا بٹن دبایا اور دروازہ کھل گیا جس کے کھلتے ہی دو تین مریخی انسان اس کے اوپر آ گرے وہ اتنے بھاری تھے کہ ان کے وزن کے نیچے دب کر سائنس داں کی بھی چیخ نکل گئی اور عطیہ اور جاوید کے بھی ہوش اُڑ گئے۔ چند ہی لمحوں میں ان میں سے ایک شخص نے اپنا لمبا سا بازو نکال کر سائنس داں کو مُرغی کے چُوزے کی طرح پکڑ کر باہر نکال لیا تھا اور پھر دوسرا بازو نکال کر اس کے گرد رسّی لپیٹ کر باہر چلنا شروع کر دیا تھا۔

عطیہ اور جاوید کو اب تک ان لوگوں نے کچھ نہیں کہا تھا۔ لیکن راکٹ کے باہر جب اس مریخی آدمی نے سائنس داں کو گٹھڑی کی طرح بازو کے ساتھ لپیٹ کر چلنا شروع کیا تو عطیہ کی تو حیرت کے مارے چیخ نکل گئی۔ کیوں کہ اب تک تو وہ یہ سوچ رہے تھے کہ ان لوگوں کی ٹانگیں نہیں ہیں۔ لیکن جوں ہی وہ مریخی آدمی راکٹ سے باہر نکلا اس نے اُچک کر اپنی ٹانگیں اپنے دھڑ سے

باہر نکال لیں اور وہ سب سرکس کے کھلاڑیوں کی طرح لمبی لمبی لیکن تپلی تپلی لکڑیوں جیسی ٹانگوں پر چلتے ہوئے جارہے تھے۔ اتنے میں ان میں سے کسی کی نگاہ عطیہ اور جاوید پر جا پڑی اور اس نے اپنا بازو بڑھا کر انہیں بھی پھول کی طرح اٹھالیا اور پھر اپنا دوسرا بازو نکال کر جو بغیر ہڈیوں کے بنا ہوا گوشت کا ایک رستہ سا معلوم ہوتا تھا ان کے گرد لپیٹ لیا اور ٹانگیں نکال کر کھٹ کھٹ چلنا شروع کر دیا۔

عطیہ اور جاوید دونوں ایک دوسرے کے اوپر بندھے ہوئے تھے، جاوید نیچے تھا اور عطیہ اوپر لیکن دونوں کا مونہہ نیچے کی طرف تھا۔ جب جاوید نے ذرا سنبھل کر کئی فٹ نیچے اس خوف ناک انسان کے قدموں کے پاس دیکھا تو اسے معلوم ہوا کہ وہ زمین پر نہیں بلکہ پانی پر چل رہے تھے۔

"جل دیو" کی کہانی انہوں نے اپنی امی سے سُن رکھی تھی جو آدمیوں کا مچھلیوں کی طرح شکار کیا کرتا تھا اور پھر انہیں بھُون کر کھا جایا کرتا تھا۔ اس لئے عطیہ اور جاوید کو بھی یقین ہو گیا کہ یہ خوف ناک دیو اُن تینوں کو بھُون کر کھا جائیں گے۔

وہ لوگ چلتے ہوئے کسی ایسی زبان میں گفتگو کر رہے تھے کہ ان کی سمجھ سے باہر تھا کہ وہ کیا کہہ رہے ہیں لیکن یہ ضرور تھا کہ وہ بار بار راکٹ کی طرف اشارہ کر رہے تھے اور ان لوگوں کے گرفتار ہوتے ہی ہزاروں ایسے انسانوں

نے کچھ عجیب قسم کی وردیاں پہن کر اور جسم کے گرد ربڑ کی ہوا بھری ہوئی بڑی بڑی مشکیں لپیٹ کر آسمان پر گدھوں کی طرح منڈلانا شروع کر دیا تھا۔ اِدھر یہ مریخی انسان عطیہ اور جاوید کو اپنے بازو میں لپیٹے اور کوئی دس دس گز کا ایک قدم اُٹھاتا ہوا ایک بہت بڑی عمارت کے سامنے پہنچ گیا جو ایک بہت بڑا جہاز معلوم ہوتی تھی انہوں نے قریب آکر دیکھا تو وہ واقعی ایک جہاز کی صورت کی چیز تھی اور اس کے آس پاس سینکڑوں چھوٹی چھوٹی کشتیاں کھڑی تھیں۔ انہیں آتے دیکھ کر نہ جانے کہاں سے جہاز پر اور بھی بہت سے لوگ نکل آئے اور ہر ایک حیرت سے سائنس داں عطیہ اور جاوید کو ٹٹول کر دیکھ رہا تھا جنہیں اب جہاز کی چھت پر کھڑا کر دیا گیا تھا۔

ان میں سے کئی لوگوں نے تو یہ کیا کہ سائنس داں کو اٹھا کر ہوا میں پھینک دیا اور پھر اُچک کر تھام لیا۔ اِدھر دو ایک نے عطیہ اور جاوید کو ٹینس کے گیندوں کی طرح ایک دوسرے کی طرف پھینکنا شروع کر دیا۔ لیکن اتنے ہی میں ایک بہت بڑا دیو سمندر پر سے چلتا ہوا جہاز پر چڑھا۔ اس کے جہاز پر چڑھتے ہی جہاز ایک طرف ڈول گیا۔ لیکن اس کے آتے ہی سب خاموش ہو کر مونہہ کے بل زمین پر لیٹ گئے۔ کچھ دیر لیٹے رہنے کے بعد وہ لوگ کھڑے ہو گئے لیکن سارے جہاز پر خاموشی چھائی رہی۔ اس نے ایک عجیب سی زبان میں کچھ کہا اور ایک آدمی جو سائنس داں کو بہت پرے لے گیا تھا اسے ایک بہت بڑے توے پر بٹھا کر واپس لے آیا جیسے وہ کسی ٹرے میں سجایا ہوا پھل ہو۔

اُس دیو نے جوان ہی کی طرح کا ایک انسان تھا لیکن ان سے کئی گنا زیادہ بڑا تھا، سائنس داں کو ٹرے سے اٹھایا اور اسے تازہ پکڑے ہوئے کبوتر کی طرح اٹھا کر اپنی آنکھوں کے سامنے لایا۔

”کون ہو تم؟“ وہ چلّایا۔ عطیہ اور جاوید کی حیرت کی انتہا نہ رہی کیوں کہ وہ بہت صاف اُردو زبان میں بول رہا تھا۔

سائنس داں کی آنکھیں پھٹی کی پھٹی رہ گئیں۔ وہ کچھ بھی نہ کہہ سکا۔ وہ آدمی پھر چلایا ”بولو تم کون ہو اور زمین سے کب آئے ہو“

سائنس داں ڈرتے ڈرتے صرف اتنا کہہ سکا ”میں۔۔۔ میں“ اور اس کے آگے اس کی گھگی بندھ گئی۔

”مکّار آدمی“ وہ پھر چلّایا ”میں زمین والوں کی یہ تمام چالیں جانتا ہوں۔ میں خود زمین پر جا کر دیکھ آیا ہوں کہ تم لوگ ہر طریقے سے کوشش کر رہے ہو کہ ہم لوگوں کو تباہ کر دو۔ لیکن مکّارو، تمہارے یہاں پہنچنے سے پہلے ہی پہلے ہم تمہیں اور تمہاری زمین کو ختم کر کے رکھ دیں گے۔ اچھا تو بتاؤ تم یہاں کیوں آئے ہو؟“

روتے اور گڑگڑاتے ہوئے سائنس داں نے انہیں یہ بتانے کی کوشش بھی کی کہ وہ زمین کا جاسوس نہیں ہے بلکہ دشمن ہے اور اس کی مدد سے یہ لوگ زمین پر اچھی طرح حملہ کر سکتے ہیں۔

"تو تم زمین پر حملہ کرنے میں ہماری مدد کر سکتے ہو" مرّیخی انسانوں کے سردار نے پھر پوچھا۔

"جی حضور" سائنس داں نے جان کی بھیک مانگنے کے انداز میں جواب دیا۔

"اچھا تو پھر یہ بتاؤ کہ زمین والوں کے پاس ایسے کتنے راکٹ ہیں اور وہ کب تک یہاں پہنچنے والے ہیں"

ظاہر ہے کہ سائنس داں اس سوال کا جواب نہیں دے سکتا تھا کیوں کہ اُسے زمین سے چلے ایک زمانہ گزر چکا تھا۔ لیکن اس نے یہ سوچ کر کہ کہیں لاعلمی ظاہر کرنے پر اس کا سر ہی نہ اُڑا دیا جائے کہہ دیا "ایسا ایک بھی راکٹ نہیں اور آپ پر حملہ کرنے کی ہمّت ان میں بالکل نہیں ہے۔"

یہ سن کر وہ مرّیخی دیو اپنی لمبی سی لہراتی ہوئی زبان نکال کر پھر چلاّیا "تم مجھے دھوکا دینا چاہتے ہو۔ میں تو ابھی پچھلے مہینے یہ دیکھ کر آرہا ہوں کہ ان لوگوں نے راکٹوں کا ایک پورا بیڑا ہم پر حملہ کرنے کے لئے تیار کیا ہوا ہے۔"

"جی ــــ جی ــــ" سائنس داں کی زبان بولتے بولتے لڑکھڑا گئی۔

"جی جی کیا ــــ سیدھی طرح بات کرو۔" اور اس نے سائنس داں کو ہوا میں اُچھال دیا۔ سائنس داں زمین پر گرتے ہی جلدی سے بولا "جی بات دراصل یہ ہے کہ میں زمین سے نہیں بلکہ اندھے سیّارے سے آرہا ہوں"

"تو تم لوگ وہاں بھی پہنچ گئے ہو" مرّیخی سردار نے غصّے سے کہا جس کی آنکھیں

انگارے اُگل رہی تھیں۔

" نہیں حضور میں تو وہاں صرف ان لوگوں کی تلاش میں گیا تھا۔"

" یہ کون ہوتے ہیں تمہارے"

" میرے بچے ہیں" سائنس داں نے جواب دیا۔

یہ سنتے ہی عطیہ جواب تک ایک مریخی انسان کے بازو میں لپٹی ہوئی تھی بول پڑی

" ہم اس کے بچے نہیں ہیں"

" شاباش" مریخی سردار نے جواب دیا اور اس آدمی کو اشارہ کیا کہ ان دونوں کو اپنے بازو کی گرفت سے آزاد کردے۔

گرفتار کرنے والے آدمی نے انہیں فوراً چھوڑ دیا اور وہ فرش پر کھڑے ہو گئے۔

" میرے پاس آؤ" مریخی سردار نے بچوں سے کہا اور وہ ڈرتے ڈرتے اس کے پاس چلے گئے

" یہ آدمی کون ہے؟" مریخی سردار نے پوچھا۔

" بھوت ہے۔" عطیہ نے جواب دیا۔

یہ سُن کر مریخی سردار ہنسا اور جاوید سے کہنے لگا " تم بتاؤ یہ کون ہے؟"

" اس کا تو مجھے پتہ نہیں" جاوید نے جواب دیا " لیکن یہ ضرور ہے کہ یہ ہمیں ہمارے گھر سے اٹھا کر لے آیا تھا اور اب ہمیں کھا جانا چاہتا ہے۔"

"تم فکر نہ کرو یہ تمہیں ہرگز نہیں کھا سکے گا کیوں کہ اس سے پہلے میں اسے ختم کر ڈالوں گا" یہ کہہ کر اس نے اپنا بازو کھینچ کر لمبا کیا اور سائنس داں کو ہوا میں لہرا کر پرے پھینک دیا۔

لیکن اس کے پرے پھینکنے سے پہلے ہی کرکٹ کی گیند کی طرح اسے دوسرے مریخی انسان نے دبوچ لیا۔ اپنی زبان میں ان کے سردار نے ان سے کچھ کہا اور دوسرے ہی لمحے پکڑنے والے آدمی نے سائنس داں کے سارے جسم کو مروڑ کر ٹکڑے ٹکڑے کر کے پرے پھینک دیا۔

یہ دیکھ کر عطیہ اور جاوید بھی سہم گئے۔انہیں ڈرتا دیکھ کر وہ مریخی سردار آگے بڑھا اور بولا "بچو ڈرو نہیں ——— اگر تم سچ سچ بولو گے تو تمہیں یہاں پر کوئی کچھ نہیں کہے گا۔ لیکن اگر تم نے اس مردود انسان کی طرح جھوٹ بولنے کی کوشش کی تو تمہارا بھی وہی حشر ہوگا جو اس کا ہوا ہے۔ اچھا اب تم جاؤ اور سو جاؤ۔ ہم تمہیں کل بلائیں گے۔"

اس نے اپنے ماتحتوں سے اپنی ہی زبان میں پھر کچھ کہا اور وہی شخص جس نے انہیں گرفتار کیا تھا، آگے بڑھا۔ لیکن اِس مرتبہ اس نے انہیں اپنے بازو میں نہیں لپیٹا بلکہ اپنا لمبا بازو باہر نکال کر ایک ساتھ ان دونوں کی پیٹھ پر رکھ دیا اور ان کو جہاز کے نیچے بہت ہی نیچے کی منزل میں لے گیا۔

وہاں پر ایک چھوٹا سا کمرہ تھا، جس میں ایک تکیہ پڑا تھا۔ اُس

مریخی آدمی نے عطیہ اور جاوید دونوں کو اس کمرے میں دھکیل دیا اور وہ دروازہ بند کر کے چلا گیا۔

عطیہ تو اس قدر تھک چکی تھی کہ وہ کمرے میں پہنچتے ہی تکیے پر گر پڑی اور گرتے ہی سو گئی۔ لیکن جاوید اس نئی قید سے رہائی کی تدبیریں سوچنے میں مصروف ہو گیا۔

پہلے تو جاوید کے جی میں آئی کہ وہ عطیہ کو لے کر یہاں سے بھاگ جائے۔ لیکن دوسرے ہی لمحے اسے خیال آیا کہ وہ بھاگ کر کہیں نہیں جا سکتا کیوں کہ اس کے چاروں طرف سمندر ہے اور یہ لوگ صرف کشتیوں اور جہازوں میں رہتے ہیں۔ اس نے یہ اندازہ بھی کر لیا تھا کہ ان لوگوں کے جسم ہی میں کچھ ایسی چیز موجود ہے کہ وہ پانی کی سطح پر چل سکتے ہیں اس لیے کہ جب اس سائنس داں کے جسم کو توڑ مروڑ کر پھینکا گیا تھا تو وہ فوراً سمندر میں ڈوب گیا تھا۔ جہاں تک ان کے راکٹ کا تعلق تھا اس کے گرد ہر وقت ان مریخی انسانوں کا پہرہ رہتا تھا اور ان لوگوں کا راکٹ کو اُڑانا تو دُور کی بات رہی اس کے قریب ہی پہنچنا نا ممکن تھا۔

بھاگنے کے تمام راستے بند دیکھ کر اس نے فیصلہ کر لیا کہ وہ جیسے بھی ہو گا یہیں رہے گا اور یہیں رہ کر یہ کوشش کرے گا کہ کسی نہ کسی طرح واپس زمین پر پہنچا جائے۔ یہی سوچتے سوچتے وہ سو گیا۔ نہ جانے کتنے گھنٹے گزرنے کے

کے بعد ان کے کمرے کے دروازے پر کچھ آہٹ ہوئی اور وہ دونوں آنکھیں ملتے ہوئے سو کر اُٹھ بیٹھے۔

دروازے میں ایک دُبلا پتلا سا لیکن بہت ہی چوڑے چوڑے نقش و نگار والا آدمی کھڑا مسکرا رہا تھا۔ اور یوں لگتا تھا جیسے وہ اپنی دنیا ہی کا انسان ہو۔ "تم نے مجھے نہیں پہچانا؟ اس نے کچھ بہت ہی جانی پہچانی آواز میں کہا۔ لیکن ان دونوں کو یہ یاد نہ آسکا کہ وہ آواز انہوں نے کہاں سنی تھی۔ اس نے پھر کہا "ذرا مجھے پہچاننے کی کوشش تو کرو، میں تمہیں چاکلیٹ، مٹھائیاں اور کھلونے دوں گا۔"

لیکن وہ دونوں باوجود کوشش کرنے کے کچھ پہچان نہ سکے۔ اتنے میں اس نے اسی سیارے کی عجیب سی زبان میں چلاّ کر کچھ کہا اور چند ہی منٹوں میں دو لمبے چوڑے فریخی خدمت گار آ گئے۔ ان کے آتے ہی کمرے کا دروازہ خود بخود چوڑا ہو گیا اور چھت بھی دو گنی اونچی ہو گئی۔ ان کے ہاتھوں میں بہت بڑے بڑے تھیلے لٹکے ہوئے تھے جو کئی گز لمبے اور کئی فٹ چوڑے تھے۔ ان میں عجیب عجیب سی چیزیں تھیں مثلاً فٹ بال جتنے بڑے بڑے گولے تھے جو میٹھی گولیاں معلوم ہوتے تھے۔ لمبے لمبے بانسوں سے لپٹے ہوئے بہت موٹے موٹے "لالی پاپ" تھے اور بڑے بڑے پتھروں

جتنے بڑے بڑے چاکلیٹ کے ٹکڑے تھے۔ انہیں دیکھ کر یہ دونوں تو چپ چاپ بیٹھے رہے لیکن اس آدمی نے زور کا قہقہہ لگایا۔ یہ بے وقوف بھول گئے ہیں یہ چیزیں مریخ کے رہنے والوں نے نہیں بلکہ زمین کے رہنے والے ان بچوں نے کھائی ہیں۔ میں جب زمین پر تھا تو میرے ساتھ بھی یہی مشکل تھی۔ لوگ مجھے زمین کا باشندہ سمجھ کر کھانا دے دیتے تھے لیکن میری بھوک مریخ کے باشندوں ایسی تھی۔ اچھا میں انہیں کہتا ہوں کہ وہ تمہارے لیئے یہ چیزیں توڑ کر چھوٹے چھوٹے ٹکڑے کر کے لائیں۔"

یہ کہہ کر اس نے پاگلوں کی طرح اُچھلنا کودنا اور اِدھر اُدھر چاروں طرف ہاتھ پیر مارنا شروع کر دیئے اور دیکھتے ہی دیکھتے وہ دُبلا پتلا آدمی غائب ہو گیا اور اس کی جگہ وہ لمبا چوڑا بھیانک مریخی سردار کھڑا تھا "ہاہا" وہ قہقہہ لگا کر بولا "میں نے سوچا کہ چلو زمین والوں سے ایک بار پھر مذاق کیا جائے۔ میں جب بھی زمین پر جاتا ہوں یہی صورت بنا کر جاتا ہوں"

"لیکن آپ کیسے جاتے ہیں؟" عطیہ نے اپنی مہین آواز میں پوچھا۔

"لو سنو، یہ بھی کوئی بات ہے۔ میں تم زمین والوں کی طرح کوڑھی اور اپاہج تھوڑا ہی ہوں کہ راکٹ میں بیٹھ کر جاؤں۔ میں اُڑ کر وہاں پہنچ جاتا ہوں۔ تھوڑا بہت اُڑنا تو یہاں ہر شخص جانتا ہے جیسے تمہارے یہاں لوگ سمندر میں تیرتے ہیں اُسی طرح لوگ یہاں پر ہوا میں اُڑتے ہیں۔ لیکن زمین تک

صرف میں ہی پہنچ سکتا ہوں، آؤ میرے ساتھ میں بتاؤں کہ میں کیسے اُڑتا ہوں"۔۔۔۔۔ یہ کہہ کر اس نے ایک بٹن دبایا۔ کھٹ سے دروازہ بند ہوگیا اور کمرہ اوپر کی طرف اٹھنا شروع ہوگیا۔ کمرے کو اوپر اٹھتے ہوئے دیکھ کر عطیہ اور جاوید دونوں گھبرا گئے لیکن ٹریکی سردار انہیں دلاسہ دیتے ہوئے بولا "گھبراؤ نہیں۔ ہمارے ہاں ہر ایک کمرے میں لفٹ لگی ہوئی ہوتی ہے تاکہ جس منزل پر بھی چاہے بیٹھے بیٹھے پہنچ جائیں۔ اب ہم آخری منزل پر جارہے ہیں تاکہ وہاں سے میں تمہیں دکھا سکوں کہ میں کیسے اُڑتا ہوں۔" وہ یہ کہہ ہی رہا تھا کہ آخری منزل آ گئی۔ وہ جہاز کی چھت نہیں بلکہ بہت بڑا کھیل کا میدان معلوم ہوتی تھی۔ وہاں پر پہنچ کر وہ کمرے سے باہر نکلے ہی تھے کہ کمرہ کھٹ سے نیچے چلا گیا۔

اوپر آتے ہی عطیہ نے آسمان کی طرف دیکھا اور دیکھتے ہی وہ چلا اٹھی "بھیا یہ کیا آج تو سورج سبز نظر آرہا ہے اور کل وہ سُرخ تھا" جاوید نے بھی آنکھیں اٹھا کر دیکھا اور اس کی بھی حیرت کی کوئی انتہا نہ رہی تھی۔ ٹریکی سردار بولا "اس کی وجہ اس سے کیا پوچھتی ہو، مجھ سے پوچھو۔ بات دراصل یہ ہے کہ ہمارے ایک نہیں تین سورج ہیں۔ ہمارا سیارہ باری باری ان تینوں کے گرد گھومتا ہے۔ اس لئے پہلے روز وہ سُرخ ہوتا ہے، دوسرے روز سبز اور تیسرے روز نیلا فیروزی۔ اچھا یہ بتاؤ کہ تمہیں کس قسم کے کھلونے

چاہئیں :۔
جاوید تو ابھی تک چپ تھا کیوں کہ وہ غور سے مریخی سردار کی ہر ایک حرکت کا جائزہ لے رہا تھا۔ لیکن عطیہ بول اٹھی " جو کھلونے یہاں کے دوسرے بچے استعمال کرتے ہیں۔"
مریخی سردار نے یہ سُن کر ایک قہقہہ لگایا اور پھر فوراً ہی وہ سنجیدہ ہو گیا اور آنکھوں میں آنسو آ گئے۔
" یہ کیا " جاوید نے پوچھا۔
" میرے بچو " ——— مریخی سردار نے بھرائی ہوئی آواز میں کہا تم نہیں جانتے کہ بچے کیا ہوتے ہیں۔ اسی لئے مجھے تم سے پیار سا ہوتا جا رہا ہے۔ ہمارے سیارے پر کوئی بچہ نہیں ہے اور نہ ہی کوئی عورت ہے۔"
" وہ کیسے " جاوید نے پوچھا۔
" یہ وہ کہانی ہے جو اس قدر خوف ناک ہے کہ ہم آپس میں کبھی اس کا ذکر ہی نہیں کرتے لیکن تم سننا چاہتے ہو تو سُنو ——— آج سے کوئی سو سال پہلے کا واقعہ ہے کہ ہم لوگ اسی سیارے پر بہت اطمینان کے ساتھ رہتے تھے۔ ہمارے ہاں بھی کھیت تھے، ندیاں تھیں اور بڑے ہی حسین پہاڑ تھے ——— اس تمام سیارے پر میری حکومت تھی۔ اس لئے کہ میں ہی اس سیارے کا سب سے ذہین سائنس داں تھا اور ہمارے ہاں رواج ہے کہ سب سے ذہین

سائنس داں کو بادشاہ بنادیا جاتا ہے۔ اُسی زمانے میں میں نے سُنا کہ زمین والے زحل اور مریخ پر حملہ کرنے کی کوشش کر رہے ہیں۔ میں نے اس حملے کا مقابلہ کرنے کے لئے برسوں کی محنت کے بعد ایک راکٹ تیار کیا۔ اور زمین پر پہنچ گیا۔ وہاں میں نے زمین والوں کی جنگی تیاریاں دیکھیں جن کی مدد سے وہ ہم پر حملہ کرنا چاہتے تھے۔

میں نے اس خطرے کا مقابلہ کرنے کا تہیہ کر لیا۔ بڑی مشکلوں سے میں نے وہاں کی زبان سیکھی۔ اپنے جسم کو ضرورت کے مطابق چھوٹا یا بڑا کرنے اور زمین والوں جیسی شکل بنانے کا طریقہ میں پہلے ہی سیکھ چکا تھا۔ لیکن یہ نہ پوچھو کہ کس طرح ایک رات میں دس بیس بڑے بڑے بم جنہیں وہ لوگ ہائیڈروجن بم کہتے تھے اپنے راکٹ میں رکھ کر اُڑا لانے میں کامیاب ہو گیا کیوں کہ ان ہی کی مدد سے وہ لوگ ہم پر حملہ کرنا چاہتے تھے۔ لیکن ہوا یہ کہ اُن لوگوں کے یہاں پہنچنے سے پیشتر ہی ہم پر حملہ ہو گیا۔"

"وہ کیسے" عطیہ اور جاوید دونوں نے حیران ہو کر پوچھا۔

"وہ یوں کہ میں نے بم لاکر یہاں کی ایک بڑی لیبارٹری میں محفوظ رکھ دیئے۔ میرا ایک اسسٹنٹ تھا جو مجھ سے بہت جلتا تھا۔ اس نے سوچا کہ میں محض رعب بگھارنے کے لئے کوئی خالی خولی گولے کہیں سے اٹھا لایا ہوں۔ چنانچہ میری غیر حاضری میں اُس نے انہیں چھو کر ادھر اُدھر سے دیکھنا چاہا کہ ایک

بم کا فلیتہ کھل گیا۔ اس کے پھٹتے ہی بقیہ بم بھی دھڑا دھڑ پھٹ گئے اور سارا سیارہ منٹوں میں سمندر میں تبدیل ہو گیا۔ اتفاق سے ہم میں سے کوئی چار پانچ سو آدمی زحل سیارے پر ایک میلے میں گئے ہوئے تھے۔ وہیں پر ہمیں دھماکے کا پتہ تو چل گیا تھا لیکن یہ نہ جانتے تھے کہ جب واپس آئیں گے تو سیارے کو پہچاننا مشکل ہو جائے گا۔ تم شاید نہیں جانتے کہ ہم لوگوں کی عمریں ویسے ہی تمہارے زمین والوں کے مقابلے میں بہت لمبی ہوتی ہیں۔ ہمارے ہاں سات سو سال کا آدمی جوان کہا جاتا ہے اور ہزار سال کے بعد بڑھاپا شروع ہوتا ہے۔ اس لئے ہر ایک کے ذہن میں ہمارے دھماکے کی یاد تازہ ہے۔ ہمیں زحل سیارے والوں نے اپنے ہاں آکر رہنے کی دعوت دی لیکن وہ لوگ تو جسم میں تم سے بھی چھوٹے ہوتے ہیں۔ اور ان کے مقابلے میں ہم مریخ والوں کی صورتیں اتنی بھیانک تھیں کہ ہم وہاں نہیں رہ سکتے تھے اور پھر وہاں پر ہر شخص ہمیں دیکھ کر ہماری بے وقوفی پر ہنستا تھا۔ اس لئے ہم نے فیصلہ کر لیا کہ رہیں گے تو اسی سیارے پر رہیں گے نہیں تو کہیں نہیں رہیں گے چنانچہ اس کے بعد میں نے اپنی سائنس اور زحل سیارے والوں کی رحم دلی کی مدد سے یہ جہاز بنوائے۔ ان لوگوں کے جسموں پر سمندر پر چلنے کے لئے خاص مقناطیسی مرہم کی برسوں مالش کی اور اب یہاں تک کمال حاصل کر لیا ہے کہ یہ لوگ ہوا میں اُڑتے تیرتے پھرتے ہیں اور میں یوں ہی اُڑتا ہوا زمین پر

پہنچ سکتا ہوں۔ لیکن آج کل زمین والوں نے فضا میں ہزاروں اُڑن طشتریاں چھوڑ رکھی ہیں جن کی وجہ سے مجھے اکیلے سفر کرتے ہوئے ڈر لگتا ہے۔ اِسی لئے میں اب تمہارے راکٹ میں جاؤں گا۔"

"راکٹ میں؟ اور ہم کہاں رہیں گے؟" عطیہ نے گھبرا کر پوچھا۔

"تم کہاں رہوگی؟ یہیں پر اور کہاں ——" مریخی سردار نے اپنے کلہاڑوں جیسے لمبے دانت نکالتے ہوئے جواب دیا۔

"اچھا تو آؤ میں تمہیں یہ دکھاؤں کہ میں زمین کی طرف کیسے اُڑتا ہوں۔" یہ کہہ کر اس نے ذرا سی دُور جا کر ایک بٹن دبایا اور سامنے سے چھت کھُل گئی اور ایک بند دروازے والا چھوٹا سا کمرہ آن موجود ہوا۔ مریخی سردار نے کمرے کا دروازہ کھولا اور وہاں ایک میز پر رکھا ہوا ایک بڑا سا لباس اٹھالیا بالکل ایسا ہی جیسا سمندر کے غوطہ خور پہنتے ہیں۔

موٹے سیاہ چمڑے کی وردی، چہرے پر سیلولائیڈ کا بڑا سا خول رکھ کر اور آکسیجن کی پائپ لگا کر وہ ایسا معلوم ہوتا تھا کہ کسی پہاڑ پر ایک بہت بڑا سیاہ غلاف چڑھا دیا گیا ہو۔

یہ لباس پہن کر اس نے اپنے بازو اپنے گوشت کے لوتھڑے ایسے جسم سے کھینچ کر باہر نکالے اور اس کے زور زور سے کھینچنے پر وہ گزوں لمبے ہو گئے ان کے لمبے ہوتے ہی اس نے انہیں ہوا میں پھڑ پھڑانا شروع کیا اور وہ

اوپر اٹھنا شروع ہوگیا۔ اوپر اٹھتے ہی اس نے ایک بار پھر بڑے زور سے بازو پھڑ پھڑائے اور اس کے بازو کے نیچے وردی کی تہوں ہی میں سے دو بہت بڑے بڑے سے پر نکل کر ہوا میں پھڑ پھڑانے لگ گئے اور سردار کے سر کے اوپر ایک چھوٹا سا پنکھا نکل آیا جس نے بہت تیزی اور شور کے ساتھ چلنا شروع کر دیا۔

وہ اس طرح سے اُڑتا ہوا ان کی نگاہوں سے غائب ہوگیا۔

"اب ہم کیا کریں گے ؟" عطیہ نے کہا "یہاں تو کوئی شخص ہماری زبان بھی نہیں سمجھتا؛" وہ غمگین ہوکر بولی۔ اور جاوید سوچ رہا تھا کہ اگر مریخی سردار کی طرح وہ بھی ہوا میں اُڑنے لگیں تو کتنا مزا آئے۔ وہ ابھی یہ سوچ ہی رہا تھا کہ آسمان سے ایک بہت بڑی چھتری نیچے اُترتی دکھائی دی۔ انہوں نے غور سے دیکھا تو اس کے نیچے وہی مریخی سردار لٹک رہا تھا اور اس نے نہ جانے کہاں سے نکال کر ایک پائپ پینا شروع کر دیا جس سے یہ معلوم ہوتا کہ اس نے موہنہ میں کوئی بہت بڑی چمنی لگا رکھی ہے اور اس سے ریل کے انجن کی طرح دھواں نکل رہا ہے۔

واپس اُترتے ہی ہنستے ہوئے وہ بولا "تو تم نے سمجھا ہوگا کہ میں پھر تمہاری دنیا میں چلا گیا ہوں۔ لیکن یاد رکھو کہ اب میں تمہاری دنیا میں اس وقت تک نہیں جاؤں گا تب تک میں اسے بھی مکمل طور پر تباہ کرنے کے قابل نہیں ہو جاتا

جب تک میں اپنے نئے ہائیڈروجن بم نہیں بنا لیتا میں دنیا کا رُخ بھی نہیں کروں گا۔ اور پھر تمہارے راکٹ میں بیٹھ کر تمہاری ساری دنیا کو اسی طرح پھونک آؤں گا جیسے تمہارے ہائیڈروجن بموں نے میری دنیا پھونک کر رکھ دی ہے۔"

عطیہ اور جاوید یہ سن کر بہت ڈرے۔ ان کی آنکھوں کے سامنے ہر قسم کی تباہی کا نقشہ پھیل گیا، کیوں کہ وہ یہ جانتے تھے کہ یہ مریخی سردار ایک نہ ایک دن اپنی بات پوری کر کے رہے گا۔

تھوڑی دیر اِدھر اُدھر کی باتیں کرنے کے بعد سردار نے بٹن دبا کر عطیہ اور جاوید کا کمرہ چھت پر منگوایا اور انہیں واپس نیچے بھیج دیا۔ اسی طرح ہر روز ہوتا کہ جب بھی مریخی سردار جہاز پر آتا تو انہیں اپنے ساتھ وہ کھیلنے کے لئے بلا لیتا لیکن ویسے انہیں نیچے اپنے کمرے ہی میں بند رہنا پڑتا تھا۔

یہاں رہتے رہتے انہیں کئی دل چسپ چیزوں کا پتہ چلا۔ مثلاً ایک مزے دار بات یہ تھی کہ یہ لوگ مچھلیوں کو گائے بھینسوں کی طرح دودھ دینے کے لئے پالتے تھے۔ مچھلیاں بھی عجیب وغریب تھیں۔ وہ آدھی مچھلیاں اور آدھی چوپائے نظر آتی تھیں۔ اس کے علاوہ سمندر ہی سے وہ لوگ ہر طرح کے پھل اور سبزیاں حاصل کیا کرتے تھے۔ ایک مزے کی بات یہ تھی کہ اس سیارے پر بھوک بالکل نہیں لگتی تھی لیکن پھر بھی آدمی جتنا چاہے کھا سکتا تھا۔ عطیہ نے ایک روز دیکھا کہ ایک بہت بڑا تربوز ان کے کمرے میں پڑا ہے۔ لیکن ان دونوں کے

غور سے دیکھنے پر انہیں پتہ چلا کہ وہ سیب ہے۔ انہوں نے اسے کاٹ کاٹ کر کھانا شروع کیا تو چند ہی منٹوں میں اسے ختم کر ڈالا۔

اس کے ختم ہونے کی دیر تھی کہ نچلے فرش میں سے اتنا ہی بڑا ایک اور سیب اُبھر آیا۔ انہوں نے اسے بھی چٹ کر ڈالا تو ایک اور سیب نکل آیا جو کسی بھی بڑے سے بڑے تربوز سے دگنا بڑا تھا۔ عطیہ تو اُچھل کر اس پر چڑھ بیٹھی اور جاوید کاٹ کاٹ کر اسے کھاتا رہا۔

وہ ابھی کھا ہی رہا تھا کہ فرش کا وہی سوراخ جس میں سے یہ تربوز نما سیب اوپر آ رہے تھے بہت زیادہ کھُل گیا جس سے کہ عطیہ اس میں جا پڑی۔ لیکن دوسرے ہی لمحے وہ مریخی سردار اسے گود میں اٹھائے کمرے میں موجود تھا۔

"تو تم نے خوب سیب کھائے۔"

"ہاں" جاوید بولا "اب تو پیٹ بھی بھر گیا۔"

"پیٹ تو خیر تمہارا کبھی نہیں بھر سکتا۔" مریخی سردار نے جواب دیا "کیوں کہ یہ ستارہ ہی ایسا ہے کہ پیٹ بھر بھی جائے تو بھی خالی رہتا ہے۔ یہاں نہ کبھی بھوک لگتی ہے اور نہ ہی کبھی بھوک مٹتی ہے۔ یہی وجہ ہے کہ ہم لوگوں کی زندگیاں تمہارے زمین والوں سے سینکڑوں سال زیادہ ہوتی ہے۔"

وہ لوگ یہ باتیں کر ہی رہے تھے کہ ان کے کمرے پر دستک ہوئی۔ مریخی سردار نے بٹن دبا کر دروازہ پرے کھسکایا۔ سامنے تین مریخی انسان کھڑے تھے

جو اپنے سردار کو دیکھتے ہی فرش پر لیٹ گئے اور پھر جسم کے کسی حصے کو خم دیئے بغیر ویسے کے ویسے ہی اٹھ کھڑے ہوئے۔ اور اپنی عجیب وغریب بولی میں انہوں نے مرّیخی سردار سے کچھ کہا۔ مرّیخی سردار نے چلّا کر انہیں ڈانٹا۔ جس پر اُن تینوں کی آنکھوں سے آنسو اُمڈ پڑے اور وہ آنسو اتنے بھاری اور موٹے تھے کہ دو تین آنسوؤں ہی سے عطیہ کا فراک یوں گیلا ہو گیا جیسے اس پر موسلا دھار بارش ہوئی ہو۔ یہ دیکھ کر عطیہ نے رونا شروع کر دیا۔

سردار نے مرّیخی انسانوں کو تو ڈانٹ کر چُپ کروا دیا اور اشارے سے انہیں جانے کے لئے کہہ دیا۔ لیکن عطیہ کو روتے دیکھ کر وہ اسے پچکارتے ہوئے بولا "لو یہ بھی کوئی رونے کی بات ہے۔ آؤ تمہارا فراک سکھا ڈالیں۔" اور یہ کہہ کر وہ عطیہ کو اٹھا کر ایک دوسرے کمرے میں لے گیا۔ یہ کمرہ ایک بہت بڑی لیبارٹری معلوم ہوتا تھا۔ اس نے اسے شیشے کے ایک مرتبان میں ڈال دیا اور عطیہ کے رونے کی پرواہ کئے بغیر مرتبان کا ڈھکنا بند کر دیا۔ دو چار سیکنڈوں کے بعد اس نے ڈھکنا کھول کر عطیہ کو نکال لیا۔ باہر نکلنے پر اس نے اپنا فراک چھُو کر دیکھا تو وہ بالکل سُوکھ چکا تھا۔

کمرے میں واپس آکر سردار نے بتایا کہ "یہ لوگ بتانے آئے تھے کہ کوشش کے باوجود وہ راکٹ ان سے نہیں چلتا۔ کیا تمہیں کچھ پتہ ہے کہ یہ کیسے

چلتا ہے ؟"

علیہ فوراً یہ کہنے ہی لگی تھی کہ ہم ہی تو اسے چلا کر لائے ہیں۔ لیکن جاوید نے اس کی طرف گھور کے دیکھا اور دونوں نے انکار میں سر ہلا دیا۔

"پھر تو بہت مشکل ہے، کیوں کہ میں بھی اسے پہلے دن دیکھ چکا ہوں، میری سمجھ میں تو کچھ آتا نہیں کہ وہ کیسے چلتا ہوگا۔"

"اگر یہ بات ہے" جاوید بولا "تو میں یہ کوشش ضرور کر سکتا ہوں کہ آپ کے ساتھ چل کر اسے چلانے کی کوئی تدبیر کروں۔ لیکن ہماری مشکل یہ ہے کہ ایک تو ہم ویسے ہی بچے ہیں اور دوسرے وہ ظالم سائنس داں ہمیں کبھی راکٹ کے سامنے کی سیٹ کے پاس نہیں آنے دیتا تھا اور ہمیشہ پچھلی سیٹ پر باندھے رکھتا تھا۔

"تو تمہیں راکٹ کے متعلق کچھ بھی معلوم نہیں" مریخی سردار نے اس لہجے میں پوچھا جیسے اسے غصہ آ رہا ہو۔

"جی نہیں" جاوید نے ڈرتے ڈرتے جواب دیا۔

"کوئی ہرج نہیں ـــــــ اچھا تم دونوں میرے ساتھ راکٹ تک ـــــ آؤ۔"

یہ کہہ کر اس نے بٹن دبایا اور ان کا کمرہ عین چھت کے اوپر پہنچ گیا۔ وہاں سے اس نے ایک اور بٹن دبایا تو وہ آگے بڑھ کر نیچے اُترنا شروع ہوا اور عین سمندر کی سطح پر پہنچ گیا۔

مریخی سردار نے تو ایک دم سمندر پر یوں چلنا شروع کر دیا جیسے وہ کسی گدے دار فرش پر اُچھل اُچھل کر چل رہا ہو لیکن عطیہ اور جاوید اپنے کرے ہی میں کھڑے کے کھڑے رہ گئے۔

اس پر مریخی سردار نے مڑ کر انہیں دیکھا اور اپنا بازو لمبا کر کے دونوں کو دو چھوٹے چھوٹے خرگوشوں کی طرح ہاتھ میں اٹھا لیا۔ چند ہی منٹوں میں وہ لمبے لمبے ڈگ بھرتا ہوا راکٹ تک پہنچ گیا۔ عطیہ اور جاوید تو اُچھل کر اندر چلے گئے لیکن مریخی سردار کے لئے اندر جانا مشکل ہی نہیں ناممکن تھا کیوں کہ وہ اتنا موٹا تھا کہ مشکل سے راکٹ کے دروازے سے اس کا صرف ایک بازو گزر سکتا تھا۔

اس لئے اس نے عطیہ اور جاوید کو راکٹ میں انتظار کرنے کے لئے کہا اور خود جہاز میں واپس چلا گیا تاکہ اپنا جسم زمین والوں جیسا بنا کر آ جائے۔ اس کے جانے کے بعد عطیہ نے جاوید سے کہا "آؤ بھیا اِسے اُڑا کر لے چلیں۔ دباؤں میں یہ بٹن ؟"

"نہیں پگلی" جاوید بولا "وہ بہت چالاک انسان ہے۔ اوّل تو وہ ہمارے پیچھے خود ہی اُڑے گا اور دوسرے اس نے . اری فضا میں اپنی اُڑن طشتریاں چھوڑ رکھی ہیں جو ہمیں مریخ کے باہر نہیں نکلنے دیں گی۔"

"تو پھر ہم کیا کریں ؟" عطیہ نے پوچھا۔

"قسمت پر بھروسہ اور وقت کا انتظار" جاوید نے جواب دیا۔ انہیں وقت کا بہت دیر انتظار نہیں کرنا پڑا کیوں کہ ان کے باتیں کرتے کرتے مریخی سردار زمینی انسان کے روپ میں پھر واپس آگیا۔ اور اب وہ بڑی آسانی کے ساتھ راکٹ میں داخل ہو کر راڈر کے سامنے والی سیٹ پر بیٹھ گیا۔ عطیہ اور جاوید پچھلی سیٹوں پر اکڑوں بیٹھے یہ دیکھ رہے تھے کہ وہ راکٹ کو اُڑانے کے لئے کیا کیا جتن کرتا ہے۔

جب کئی منٹ اُسے اِدھر اُدھر ہاتھ مارتے ہو گئے تو اس نے جاوید کی طرف مڑ کر کہا "تم بدھو میاں بنے کیا دیکھ رہے ہو، مارو نا کوئی ہاتھ پیر تم بھی۔"

یہ سن کر جاوید آگے آگیا اور مریخی سردار کے پاس دبک کر بیٹھ گیا ——

سامنے لگی ہوئی راڈر کی گھڑی سے اس نے دیکھ لیا کہ راکٹ کی سمت خود بخود زمین کی طرف مڑی ہوئی ہے۔ لیکن اس نے یہی ظاہر کیا کہ وہ کچھ نہیں جانتا اور یوں ہی اَن جانے میں اِدھر اُدھر ہاتھ پاؤں مار رہا ہے۔ اتنے میں اس نے زور سے بٹن پر پیر مارا۔ ایک جھٹکے سے دروازہ بند ہوا اور راکٹ ہزار میل فی گھنٹہ کی رفتار سے اوپر اٹھنا شروع ہو گیا۔

"روکو روکو" مریخی سردار چلّایا "یہ تو ہمیں زمین کی طرف لے جا رہا ہے۔"

"لیکن میں کیا کر سکتا ہوں؟" جاوید بولا۔ لیکن مریخی سردار پاگلوں کی طرح ہاتھ پاؤں مار رہا تھا۔ اتنے میں اس کا ہاتھ سُرخ گیس چھوڑنے والے بٹن پر جا پڑا۔

اس بٹن کے دبتے ہی دھڑا دھڑ سُرخ گیس نکلنی شروع ہو گئی اور راکٹ چاروں طرف سے سُرخ گیس میں گھِر گیا۔

"یہ کیا؟" مرّیخی سردار چلّایا۔

"آگ ہے شاید" جاوید نے گھبراہٹ سے جواب دیا حالاں کہ وہ جانتا تھا کہ اس کا اثر راکٹ کے اندر بالکل نہیں ہوگا۔ "ایک مرتبہ پہلے بھی" جاوید بولا "عطیہ کی غلطی سے اِس راکٹ کو اِسی طرح آگ لگنے والی تھی کہ سائنس داں نے وہ پچھلا ہینڈل زور سے کھینچ کر آگ بجھائی تھی۔"

"عطیہ ذرا یہ ہینڈل تو کھینچنا۔" جاوید بولا۔

عطیہ نے رونی صورت بنا کر جواب دیا "مگر میں کیسے کھینچ سکتی ہوں۔ مجھ سے تو یہ اِدھر سے اُدھر بھی نہیں ہوتا۔"

"تو میں آتا ہوں" مرّیخی سردار بولا اور اُچک کر پچھلی سیٹ پر چلا گیا۔ اب راڈر کے عین سامنے جاوید بیٹھ چکا تھا اور اسی کے ساتھ عطیہ بھی آگے آگئی تھی اور جیسے ہی مرّیخی سردار نے پچھلا ہینڈل کھینچا۔ ایک بہت بڑی دیوار ان کے اور مرّیخی سردار کے درمیان آگئی اور وہ ہائے مر گیا ہائے مر گیا چلّاتا ہوا راکٹ کے اسٹور میں قید ہو گیا۔ عطیہ نے یہ دیکھ کر خوشی سے تالیاں پیٹتے ہوئے کہا "آہا جی اب تو ہم آزاد ہو کر امّی پاپا کے پاس جائیں گے۔"

لیکن جاوید نے اُسے ڈانٹ کر چپ کروا دیا کہ اگر اس نے بھی کوئی شرارت کی تو

وہ اسے بھی اسٹور میں مریخی سردار کے پاس ڈال دے گا۔ یہ دھمکی اتنی سخت تھی کہ وہ بے چاری چپ ہو کر بیٹھ گئی۔

جاوید نے آہستہ سے بٹن دبا کر سُرخ گیس بند کر دی۔ اس کے پیچھے مریخی سردار زور زور سے دیوار کو گھُونسے مارے جا رہا تھا اور دھمکیاں دیتا جاتا تھا کہ وہ باہر نکلنے پر انہیں کھا جائے گا۔ لیکن راکٹ کئی سیاروں اور ستاروں کو راستے میں چھوڑتا ہوا پچاس ہزار میل فی گھنٹہ کی رفتار سے جنوب مغرب کی طرف پچپن ڈگری کی عمودی اُڑتا ہوا زمین کی طرف جا رہا تھا۔ اچانک انہیں ایسا لگا کہ ان کا راکٹ ایک بہت بڑے ستارے سے ٹکرانے والا ہے جو بالکل سبز تھا۔ جیسے سارا کا سارا زمرد کا بنا ہوا ہو۔ بہت کوششوں کے باوجود جاوید کا راکٹ رُخ نہ موڑ سکا اور راکٹ سدھا اسی ستارے کی طرف بڑھ رہا تھا ———

بچاؤ کی کوئی صورت نہ دیکھ کر اس نے اپنے آپ کو قدرت اور قسمت کے رحم پر چھوڑ دیا۔ راکٹ چونکہ ہزاروں میل کی رفتار سے چل رہا تھا اس لئے فوراً ہی سبز ستارے تک پہنچ گیا۔ علیہ تو راکٹ کو ستارے کے ساتھ ٹکراتا دیکھ کر "ہائے امّی مر گئی" کہہ کر گر پڑی اور جاوید کی آنکھوں تلے اندھیرا چھا گیا۔ لیکن اس نے راڈر کنٹرول سے ہاتھ نہ اٹھایا۔ جاوید اور عطیہ کو جب ذرا ہوش آیا تو انہوں نے دیکھا کہ وہ سبز ستارہ پھر ان کے آگے موجود ہے۔ حیرت کے ساتھ انہوں نے راکٹ کے دائیں بائیں دیکھا تو ہر طرف سبز ہی سبز بادل نظر

آ رہے تھے۔

بات اصل میں یہ تھی کہ یہ سبز ستارہ ابھی ستارہ بننے کی بہت ہی ابتدائی منزل میں تھا۔ ابھی وہ صرف ہوا کا ایک ہیولہ تھا جو شاید لاکھوں سال گزرنے کے بعد ستارہ بن سکتا تھا۔ اور چونکہ سو سال پہلے راکٹ کو بناتے وقت سائنس داں کو اس کے وجود کا علم نہیں تھا اس لئے وہ اس کے راستے میں آگیا تھا۔ اس سے بچ کر نکلنے پر دونوں نے خدا کا لاکھ لاکھ شکر کیا۔ اتنے میں انہیں محسوس ہوا کہ سامنے راڈر کے نیچے جاوید کے پیروں کے پاس لگے ہوئے ریڈیو میں سے کچھ آوازیں آنا شروع ہوگئی ہیں۔ جاوید نے غور سے سنا تو وہ "ٹھیک ٹھیک" سے ملتی جلتی آوازیں تھیں۔

"شاید ہم زمین کے علاقے میں پہنچ گئے ہیں"

"تو پھر اسے امی کے پاس لے چلو" عطیہ نے بڑی معصومیت کے ساتھ جاوید سے کہا۔ یہ سن کر ایک بار تو جاوید بھی خوشی سے اچھل پڑا۔ لیکن پھر اس کا چہرہ اداس ہوگیا، کیوں کہ وہ جانتا تھا کہ انہیں زمین سے رخصت ہوئے بیسیوں برس گزر چکے ہیں۔

سگنل ـــــ سگنل ـــــ لائن کلیر ـــــ کہاں۔ سے آ رہے ہو ـــــ"

رک رک کر ریڈیو سے آوازیں آنا شروع ہوئیں۔ جاوید اور عطیہ دونوں سہم کر سنتے رہے۔" بولو ـــــ بولو ـــــ بولو ـــــ کون ـــــ کہاں ـــــ

کیا" ریڈیو پھر چلّایا اور اب کے آواز اتنی صاف تھی کہ جیسے کوئی راکٹ ہی میں بیٹھا بول رہا ہو۔

عطیہ اور جاوید اب بھی خاموش رہے۔ لیکن ریڈیو میں سے پھر آواز آئی" بولو ——— بولو ——— نہیں تو تباہ ———" اور پھر ریڈیو سے صرف یہی آوازیں آنے لگیں" بولو ——— تباہ، بولو ——— تباہ، بولو ——— تباہ"۔ جاوید نے گلا صاف کر کے کہا" مریخ سے بچوں کا راکٹ"۔ لیکن ریڈیو بولتا ہی رہا" بولو ——— بولو ——— تباہ ——— تباہ"۔ یہ سن کر عطیہ بولی بھیا تم بھی بالکل پاگل ہو ——— بھلا یہ کیسے ہو سکتا ہے کہ تم یہاں بیٹھے ہی لیکچر دے ڈالو ——— ذرا دیکھو یہاں ضرور کوئی ایسی مشین ہوگی"۔ چڑ کر جاوید بولا" باتیں تو مٹک مٹک کر کئے جاتی ہو لیکن دیکھا بھی کہ وہ مشین کہاں ہے"۔

" میں کیا جانوں بھیا" عطیہ نے رونی صورت بنا کر کہا، لیکن پھر خود ہی دیکھنے میں مصروف ہو گئی۔ ادھر ریڈیو ویسے ہی" بولو ——— بولو ——— تباہ تباہ" چلّائے جاتا تھا۔

عطیہ نے اِدھر اُدھر تمام جگہ دیکھ ڈالی لیکن کوئی ایسی چیز نہ ملی جس سے یہ پتہ چل سکے کہ وہ ریڈیو براڈ کاسٹ کے کام آتی ہے۔ ادھر پیچھے وہ مریخی سردار زور زور سے مکّے مار رہا تھا۔ اور جوں جوں وہ لوگ زمین کے قریب آتے

جاتے تھے اُس کے مُکّے بھی بھاری ہوتے جاتے تھے اور یوں محسوس ہوتا تھا کہ دوسرے ہی لمحے وہ دیوار ٹوٹ جائے گی اور مریخی سردار انہیں کھا جائے گا۔

جاوید کے کندھے کے قریب سر لے جاکر علیہ نے اُچک کر کہا" ہائے میں کیا کروں۔" فوراً ہی ریڈیو سے آواز آئی "گھبراؤ نہیں ——— گھبراؤ نہیں ہمیں بتاؤ کہ تم کون ہو" روتے ہوئے علیہ نے کہا" ہم کیا بتائیں کہ ہم کون ہیں" اور ریڈیو نے جواب دیا" جو کچھ بھی تم ہو ——— جو کچھ بھی تم ہو۔"

علیہ اور جاوید کے چہرے کھِل اٹھے کیوں کہ زمین کی وائرلیس کی لہروں سے تعلق پیدا ہو چکا تھا۔ جاوید نے سر اونچا کر کے دیکھا تو راکٹ کی چھت کے پاس ایک چھوٹا سا سوراخ تھا، جو اگر سائنس داں سیٹ پر بیٹھتا تو اس کے مونہہ کے سامنے آتا۔ علیہ کا مونہہ اتفاق سے اسی سوراخ کے سامنے چلا گیا تھا۔ جاوید نے سوراخ کے پاس مونہہ لے جاکر کہا" ہم بچے ہیں۔ ایک مریخی انسان کو قید کر کے مریخ سے لا رہے ہیں۔"

" بکواس ——— بکواس ——— مت کرو ——— " ریڈیو نے جواب دیا۔

" بالکل سچ ——— بالکل سچ "——— جاوید نے بھی ریڈیو ہی کی طرح جواب دیا۔

" دشمن ——— دشمن ——— دشمن " ریڈیو بولتا رہا۔

"دوست ـــــــ دوست" جاوید نے جواب دیا اور عطیہ نے بھی "دوست۔ دوست" کی رٹ لگانی شروع کر دی۔

اتنے میں راکٹ کا انجن خود بخود بند ہو گیا اور وہ بہت آہستہ رفتار سے نیچے کی طرف گرنا شروع ہو گیا اور اسی کے ساتھ ریڈیو کی آواز بھی بند ہو گئی۔

جاوید نے سر نیچے کر کے دیکھا تو ایک بہت بڑا شہر آباد تھا جس کی کئی بلڈنگوں کی چھتیں اب بھی راکٹ سے زیادہ اونچی نظر آ رہی تھیں۔

"ایک اور مصیبت" جاوید بڑبڑایا

"وہ کیا" عطیہ نے پوچھا۔

"یہاں اُترنے کے لئے کوئی اچھی جگہ ہی نہیں ملتی اور یوں معلوم ہوتا ہے کہ بڑی بڑی عمارتوں سے ٹکرا کر چُور چُور ہو جائیں گے۔ سامنے راڈر کنٹرول کی دونوں سُوئیاں اب مکمل طور سے زمین پر آ کر کھڑی ہو گئی تھیں۔

عطیہ نے پھر نیچے دیکھا تو خوشی سے تالیاں پیٹتی ہوئی بولی "آہا جی ـــــــ بچ گئے ہم۔"

"دیکھو تو کتنا بڑا اور خوب صورت میدان ہے" جاوید نے بھی جھانک کر نیچے دیکھا تو ایک بہت ہی بڑا میدان تھا، جس کے آس پاس کئی رنگوں کی روشنیاں لگی ہوئی تھیں اور ہزاروں فٹ لمبے کھمبوں پر بجلی کی موٹی موٹی تاریں لپٹی ہوئی تھیں اور کچھ ٹھیلے اور گاڑیاں اُن تاروں پر چل رہی تھیں۔ اِدھر اُدھر سینکڑوں آدمی بھی

کھڑے تھے جنہوں نے کچھ عجیب ہی قسم کے کپڑے پہنے ہوئے تھے جیسے کہ وہ کپڑے ربڑ کے بنے ہوں۔

دھیرے دھیرے ان کا راکٹ اسی میدان پر اُتر گیا۔ اُترتے وقت انہیں آس پاس دیکھ کر معلوم ہوا کہ وہ جگہ اصل میں میدان نہیں تھا بلکہ ایک بہت بڑی عمارت کی چھت تھی جس سے ہوائی اڈے کا کام لیا جاتا تھا۔

راکٹ کے رُکتے ہی اسے ربڑ کے کپڑوں میں ملبوس لوگوں نے گھیر لیا اور ان میں سے ایک آگے بڑھ کر بولا "بھاگنے کی کوشش کی تو گولی سے اُڑا دیئے جاؤ گے۔ تم لوگ جاسوسی کے جرم میں گرفتار کئے جاتے ہو۔" جاوید یہ سُن کر تو بھونچکا رہ گیا لیکن اس سپاہی کو دیکھ کر تو اس کی زبان ہی بند ہوگئی۔ وہ آدمی نہیں مشین لگتا تھا ——— علیہ سے تو رہا ہی نہ گیا۔ وہ بولی "بھیا یہ آدمی ہے یا مشین؟" جاوید ابھی کچھ بولنے ہی والا تھا کہ سپاہیوں کے سردار نے گڑگڑاتے ہوئے کہا "مشین۔"

"تمہارا نام" جاوید نے پوچھا۔

"تمہیں نام سے مطلب" سپاہیوں کے سردار نے جواب دیا۔

"پھر بھی" ——— جاوید بولا

"نمبر ۱۷/۱۵۰۹" سردار نے جواب دیا

"میں تمہارا نام معلوم کر رہا ہوں گھر کا نمبر نہیں۔"

"یہی ہمارا نام ہے" اس نے کہا اور پھر انہیں ڈانٹتے ہوئے بولا "فضول سوال پوچھ کر وقت ضائع مت کرو ——— چلو راکٹ کے اندر اور بتاؤ کیا ہے تمہارے پاس۔"

جاوید کے راکٹ کے اندر جانے سے پہلے ہی وہ مشینی سردار راکٹ میں موجود تھا۔ وہ اس طرح سوار ہوا جیسے اپنے ہاتھ پاؤں سے نہ چل رہا ہو بلکہ کسی نے بڑی آسانی سے اُسے اٹھا کر راکٹ میں رکھ دیا ہو۔

وہاں پہنچتے ہی مشینی سردار کی نظر راکٹ کی بیچ والی دیوار پر پڑی جس کے پیچھے سے اب بھی مریخ والا سردار مُکّے مار رہا تھا۔

"سارے راکٹ کی تلاشی لی جائے" مشینی سردار نے حکم دیا — دو تین اور سپاہی بھی اُسی طرح اُچک کر راکٹ کے اندر آ گئے۔ مریخی سردار اب بھی زور زور سے دیوار پیٹ رہا تھا۔ یہ دیکھ کر جاوید نے چپکے سے بٹن دبایا اور دیوار ہٹادی۔

دیوار ہٹتے ہی مریخی سردار باہر نکل آیا۔ غصّے کے مارے اس کے مونھ سے جھاگ نکل رہے تھے اور ایسا لگتا تھا کہ جو بھی سامنے آئے گا وہ اسے کھا جائے گا۔

"ایک اور جاسوس" مشینی سپاہی چلائے۔

"اسے بھی گرفتار کرلو" ان کے سردار نے حکم دیا۔

"ہینڈز اَپ" راکٹ کے اندر داخل سپاہیوں نے کہا اور مریخی سردار ہاتھ اوپر

کئے راکٹ سے نیچے اُتر آیا۔

"تم کہاں سے آئے ہو" مشینی سردار نے مریخی سردار سے پوچھا۔

"مریخ سے!"

"کس طرح ؟"

"اس راکٹ میں"

اس راکٹ کی عجیب وغریب صورت سے ان لوگوں کو حیرت ہو رہی تھی کہ وہ کس طرح مریخ سے زمین پر اُتر آیا۔ اس لئے مشینی سردار نے چند سپاہیوں کو مریخی سردار کو گھیرے رکھنے کا حکم دیا اور خود راکٹ کے اندر چلا گیا۔

اِدھر مریخی سردار نے کھڑے ہی کھڑے اِدھر اُدھر ہاتھ پاؤں مارنے شروع کئے جیسے کھجا رہا ہو۔ سپاہیوں نے اُسے ایسا کرنے سے منع کیا لیکن اس نے بہت شدید کھجلی کا بہانہ کر کے ایسا کرنا جاری رکھا۔ ادھر مشینی سردار اور اس کے ساتھی راکٹ کی ایک ایک چیز کو غور سے دیکھ رہے تھے۔ کسی بٹن کے دب جانے سے اچانک راکٹ کے پچھلے حصّے میں کسی پنکھے نے بہت زور سے چلنا شروع کر دیا جس کی وجہ سے سب کی توجہ اُدھر ہی ہو گئی۔

مریخی سردار نے اس موقع سے فائدہ اٹھایا اور اپنے بازوؤں کو ایک زبردست جھٹکا دیا جس سے اس کے انسانی بازو جھٹک کر نیچے گر گئے اور وہ بڑی تیزی سے اپنی مریخی صورت اختیار کر کے اوپر اٹھنا شروع ہو گیا۔

اس کے اُڑنے سے ہر ایک خوف زدہ ہو گیا۔ مشینی سپاہیوں نے بندوق کا نشانہ لے کر اسے گولی مارنی چاہی۔ لیکن مشینی سردار نے انہیں منع کر دیا کیوں کہ وہ اسے زندہ گرفتار کرنا چاہتا تھا۔ اس لئے بھاگ کر وہ پاس ہی کھڑے ہیلی کوپٹر میں سوار ہو گیا۔ پلک جھپکتے ہی ہیلی کوپٹر چھت سے اونچا اٹھ چکا تھا۔ لیکن اپنے قریب پہنچنے پر مریخی سردار نے ہیلی کوپٹر کو اپنے بڑے بڑے بازوؤں سے پکڑ کر جھٹک دیا اور وہ ہوا میں کئی ڈبکنیاں کھا کر نیچے آن رہا۔ اس پر نیچے کھڑے سپاہیوں نے بندوقیں آسمان کی طرف کر کے فائر کرنا شروع کر دیئے اور آسمان سے باتیں کرتے کھمبوں پر جو تاریں لگی ہوئی تھیں ان پر چلتی ہوئی گاڑیاں بھی رُک گئیں۔ ہر طرف "پکڑو۔ پکڑو۔ اُڑنے نہ پائے" کا شور تھا۔

جاوید نے یہ موقع غنیمت جانا، عطیہ کا ہاتھ پکڑا اور ہوائی اڈے کے دوسری طرف بھاگ گیا——— ہوائی اڈے کے مغربی کونے پر ایک کمرہ بنا ہوا تھا۔ یہ دونوں لوگوں کی نظروں سے بچنے کے لئے کمرے کو خالی دیکھ کر اس میں گھس گئے۔ لیکن ان کے کمرے میں گھستے ہی کھٹ سے لوہے کی دیوار کمرے کے سامنے سرک آئی اور کمرہ خود بخود نیچے کھسکنا شروع ہو گیا۔

کمرہ کے اچانک کھسکنے سے ایک منٹ کے لئے تو یہ دونوں بہت گھبرائے لیکن فوراً ہی یہ سوچ کر کہ یہ بھی کوئی لفٹ ہو گی ان کی حیرانی ذرا

کم ہوئی اور انہوں نے لفٹ میں اِدھر اُدھر دیکھنا شروع کیا۔ لیکن اس میں سوائے ایک کیلنڈر کے اور بہت سارے بٹنوں کے کوئی چیز نہیں لٹک رہی تھی۔ جاوید نے دیکھا کیلنڈر پر دسمبر، ۲۰۵ کی تاریخیں درج تھیں۔

"ارے یہ کیا" جاوید بولا "ایک سو سال اس طرح بیت گئے کہ ہمیں خبر تک نہ ہوئی۔

تو پھر وہ سائنس داں ٹھیک ہی کہتا تھا کہ اندھے سیارے کا ایک ایک دن اس زمین کے کئی کئی سالوں کے برابر ہوتا ہے"

اتنے میں کمرہ نیچے کھسکتے ہوئے رک گیا اور ایک بڑے سے برآمدے کے سامنے آکر کھڑا ہوگیا۔ وہاں سے اس میں بھوری بھوری مونچھوں، گنجے سر اور نیلی آنکھوں والا ایک بوڑھا سا آدمی سوار ہوا۔ یہ دونوں اسے دیکھ کر ڈر گئے اور ایک کونے میں دبک گئے۔ کمرہ کا دروازہ کھٹ سے بند ہوا اور کمرہ پھر نیچے کھسکنا شروع ہوگیا۔ داخل ہونے والا بوڑھا آدمی بہت غور سے ان کو دیکھ رہا تھا

"جی ہم" جاوید نے ذرا سنبھل کر کہا" باہر سے آئے ہیں"

"تمہارا گھر کس نمبر کے علاقے میں ہے"۔ بوڑھے آدمی نے ان کی طرف گھورتے ہوئے جواب دیا۔

اپنے آپ کو ایک نئی مصیبت میں گرفتار دیکھ کر عطیہ نے تو رونا شروع کر دیا۔ لیکن جاوید چپ چاپ کھڑا رہا۔

"ڈرو نہیں بچو!" بوڑھے آدمی نے کہا "مجھے سچ سچ بتادو کہ تم کہاں سے آئے ہو تو میں تمہیں آرام سے تمہارے گھر پہنچادوں گا۔"

"لیکن جب ہمیں پتہ ہی نہیں کہ ہمارا گھر کہاں ہے تو ہم آپ کو کیا بتائیں؟" جاوید نے بہت غمگین لہجے میں کہا۔

کمرہ کھٹ سے پھر رُک گیا۔ لیکن بوڑھے آدمی نے فوراً ہی بٹن دبادیا اور اس کا دروازہ کھلے بغیر وہ پھر نیچے کی طرف کھسکنا شروع ہوگیا۔

"اچھا تو تم نہیں بتاؤ گے کہ تم کہاں سے آئے ہو۔ چلو نہ سہی، میں تمہیں گھر لئے چلتا ہوں اور پھر وہاں پر پہنچ کر تم خود ہی بتادو گے کہ کہاں سے آئے ہو۔" جاوید نے سوچ لیا کہ پولیس کے پنجے میں پڑنے سے تو اس بوڑھے آدمی کے ہاتھوں میں اپنے آپ کو سونپ دینا بہتر ہے۔ اس لئے اس نے کچھ نہیں کہا۔ اور چپ چاپ کھڑا رہا۔ بات چیت کا رُخ بدلنے کے لئے بوڑھے آدمی نے کہا "یہ لفٹ بہت پُرانی ہے۔ دس پندرہ منٹ گزر چکے ہیں اور ابھی تک صرف ڈھائی سو منزلیں ہی اُتر سکی ہے۔ زمین تک پہنچنے کے لئے کم بخت کو ابھی اور پانچ سات منٹ لگ جائیں گے۔"

"ہیں ڈھائی سو منزلیں" عطیہ چلائی۔

"تو کیا تم کو پہلے اُترنا تھا" وہ بوڑھا آدمی بولا۔

"نہیں نہیں یوں ہی اس نے پوچھ لیا تھا۔ ہمیں تو کہیں نہیں اُترنا ہے۔"

"معاملہ کیا ہے" بوڑھا آدمی اپنے ہی آپ بڑبڑایا۔ لیکن اس نے عطیہ اور جاوید سے کچھ نہ کہا۔ کچھ دیر بعد لفٹ رُک گئی۔ اس کا دروازہ اپنے آپ کھل گیا اور وہ باہر ایسی جگہ نکل آئے جو ایک بہت لمبی سڑک معلوم ہوتی تھی لیکن فرق یہ تھا کہ اس میں کوئی دوکان نہ تھی اور اس سڑک پر چھت بھی تھی اور سینکڑوں آدمی اس میں اِدھر اُدھر گھوم رہے تھے اور اسی لفٹ کی طرح جس میں سے یہ اُترے تھے اور بھی لفٹیں لگی ہوئی تھیں، جن میں سے سینکڑوں لوگ اُتر اور چڑھ رہے تھے۔

"آؤ باہر چلیں" بوڑھے آدمی نے کہا۔ لیکن باہر بھیڑ دیکھ کر وہ بولا "اُف ہیلی کوپٹر تک پہنچنے کے لئے کافی پیدل چلنا پڑے گا۔ اس لئے کیوں نہ یہ کریں کہ دوبارہ آخری چھت پر چڑھ جائیں۔ وہاں سے ہوائی اڈے سے ہیلی کوپٹر ٹیکسی لے کر اپنے ہیلی کوپٹر تک پہنچ جائیں"

عطیہ پوچھنے ہی والی تھی کہ "ہیلی کوپٹر" کیا ہوتا ہے" لیکن ڈر کی ماری بے چاری خاموش رہی۔ لیکن جاوید بولا "کیوں نہ پیدل چلا جائے۔ لفٹ میں تو گرمی کے مارے ہمارا دم گھٹ جائے گا۔"

"تم بھی بالکل بے وقوف ہو" بوڑھا آدمی بولا "گرمی لگ رہی تھی تو اسی وقت ائیر کنڈیشنڈ پلانٹ کھول لیا ہوتا۔"

"نہیں نہیں، ہم پیدل چلیں گے۔" عطیہ مچل کر بولی۔

"بچے بچے ہی رہیں گے" بوڑھا آدمی چڑ کر بولا لیکن میں یہ تو جان لوں کہ تم لوگ ہو کون"

اس سے پہلے کہ جاوید کوئی جواب دیتا وہ سب ایک سائیرن کی بھیانک آواز سن کر ٹھہر گئے۔ ان کے آس پاس بھی جو لوگ چل رہے تھے وہ بھی جہاں تھے وہیں ٹھہر گئے۔ چاروں طرف ایک سناٹا چھا گیا۔ بوڑھا آدمی چلایا "شاید پھر کوئی حملہ ہوا ہے یا یوں ہی پھر تنگ کرنے کے ارادے ہیں"

اتنے میں اُن ہی سائیرنوں میں سے ایک خوفناک آواز آئی "ہیلو۔ ہیلو ــــــ سُنو۔ سُنو۔ ابھی ابھی مریخ سے ایک راکٹ نمبر سترہ ہوائی اڈے پر اُترا ہے ــــــ اس میں ایک مریخی انسان تھا جو پکڑنے کے باوجود اُڑ کر غائب ہو گیا ہے۔ دو بچے بھی تھے جو زمین ہی کے معلوم ہوتے تھے۔ وہ بھی نہ جانے کہاں غائب ہو گئے ہیں۔ ان میں سے ایک بارہ تیرہ سال کا لڑکا تھا اور دوسری نو دس سال کی لڑکی تھی۔ دونوں خوب صورت ہیں، صحت مند ہیں اور پُرانے ڈھنگ کے کپڑے پہنے ہوئے ہیں۔ ان کا پکڑا جانا زمین کی حفاظت کے لئے بہت ضروری ہے۔ اس لئے جس کسی کو بھی ان کا کوئی سُراغ ملے فوراً پولیس کو اطلاع دے۔ ہیلو ہیلو۔ پتہ چلا ہے کہ وہ اڑ کر کہیں نیچے گئے ہیں۔ ہیلو ہیلو۔ سراغ دینے والے کو بہت بڑا انعام دیا جائے گا"

یہ سنتے ہی عطیہ اور جاوید دونوں کا رنگ اُڑ گیا۔ لیکن یہ دیکھتے ہی بوڑھے آدمی کا چہرہ دمک اٹھا "ہیں سچ" وہ اپنے آپ ہی سے بولا اور جاوید کے پاس آکر دھیرے سے پوچھنے لگا "تم مریخ سے آئے ہونا؟"

"جی نہیں۔ جی نہیں۔ ہم تو یہیں کے ہیں" جاوید ہکلاتے ہوئے بولا۔

"ڈرو مت بچو میں تمہیں پولیس کے حوالے نہیں کروں گا۔ اگر تم سچ سچ بتا دو کہ کہاں سے آئے ہو"

"جی ہاں ہم مریخ سے ہی آئے ہیں" عطیہ نے چلتے چلتے ڈبڈبائی ہوئی آنکھوں سے کہا۔

"اچھی بیٹی ہمیشہ سچ ہی بولتی ہے۔ اگر یہ سچ ہے تو میری برسوں کی محنت تم نے ٹھکانے لگادی ہے۔ آؤ۔ آؤ۔ اب چپ چاپ میرے ساتھ چلتے جاؤ" یہ جان کر کہ یہ بوڑھا آدمی انہیں پولیس کے حوالے نہیں کرے گا انہوں نے اطمینان کا سانس لیا۔

چلتے چلتے اس آدمی نے کہا "تم یہاں سے واقف نہیں ہو اس لئے تمہیں حیرت تو ہو رہی ہوگی کہ یہ کیسا گورکھ دھندا ہے۔ بات دراصل یہ ہے کہ ہم لوگ چھوٹے سفر کے لئے یا تو وہ ....." یہ کہتے ہوئے بوڑھے نے اوپر کی طرف اشارہ کیا "ٹرامیں استعمال کرتے ہیں جو اوپر ہی اوپر بجلی کے تاروں پر چلتی ہیں۔ اور یا ہیلی کوپٹر۔ لیکن مشکل یہ ہے کہ آج کل

ہیلی کوپٹر کھڑے کرنے کے لئے آس پاس کوئی جگہ نہیں ملتی۔اس لئے ہیلی کوپٹر پر چڑھنے کے لئے کئی میل چلنا پڑتا ہے۔"

اور جاوید کو فوراً جغرافیہ میں پڑھے ہوئے امریکہ کا خیال آگیا جہاں پر لوگوں کو کاریں کھڑی کرنے کے لئے جگہ نہیں ملتی تھی۔" تو یہاں بھی امریکہ والا حساب ہے؟" اس نے بوڑھے آدمی سے پوچھا۔

"کون سا امریکہ؟" بوڑھے نے سوال کیا۔

"وہی امریکہ"

"کیا مریخ پر کوئی امریکہ بھی ہے؟" بوڑھے نے حیرت سے پوچھا۔

"نہیں نہیں۔یہیں والا امریکہ۔" جاوید نے جواب دیا۔

"او، ہاں" بوڑھے نے کچھ یاد کرنے کی کوشش کرتے ہوئے کہا " تم صوبہ نمبر گیارہ کی بات کر رہے ہو نا۔اسے ہی بیسویں صدی میں لوگ امریکہ کہا کرتے تھے۔"

"تو کیا اب کچھ اور کہتے ہیں۔" جاوید نے سمجھنے کی کوشش کرتے ہوئے کہا۔

"ہاں" بوڑھے آدمی نے سر کھجلاتے ہوئے جواب دیا " اب لوگوں نے یہ جان لیا ہے کہ سارے جھگڑے اور فساد کی جڑ ملکوں کے نام ہی ہیں اس لئے اب کسی ملک کا کوئی نام نہیں۔صرف صوبوں کے نمبر ہیں۔"

" اور آپ کا نام" عطیہ نے پوچھا۔

"نمبر ۱۸/۱۷،۱۹۵۱" بوڑھے آدمی نے فوراً جواب دیا۔

"یہ کیا؟" جاوید بولا۔

"اس میں حیرت کی کیا بات ہے۔ یہی میرا نمبر ہے۔ ہمارے ہاں اب بیسویں صدی کی طرح نام رکھنے کا رواج نہیں رہا لیکن تم یہ تو بتاؤ کہ کیا مریخ میں تم لوگ سو سال پُرانا جغرافیہ پڑھتے رہے ہو۔ نہیں تو پھر کیسے تم سو سال پُرانی باتیں کر رہے ہو" بوڑھے آدمی نے دونوں کی طرف دیکھتے ہوئے پوچھا۔

"کیوں کہ ہم خود سو سال پرانے ہیں" جاوید نے کہا۔

"وہ کیسے" بوڑھے آدمی نے سوال کیا۔

راستے میں چلتے ہوئے آہستہ آہستہ جاوید نے اُسے بتادیا کہ وہ کون ہیں کہاں سے گئے تھے، اور کہاں سے آئے ہیں۔ بوڑھے آدمی کے چہرے سے ظاہر ہوتا تھا کہ اسے ان کی باتوں کا یقین نہیں آرہا لیکن پھر بھی وہ ہوں ہوں کرکے سر ہلائے جاتا تھا۔

جب جاوید واقعات بتا چکا تو بوڑھے نے جاوید سے کئی سوال پوچھنے شروع کردئے۔ بہت دیر جرح کرنے کے بعد اسے یقین ہوگیا کہ یہ لوگ مریخ کے جاسوس نہیں ہیں بلکہ زمین ہی کے باشندے ہیں۔ یہ شخص خود اپنے طور پر مریخ پر پہنچنے کے راستوں کی تحقیق کر رہا تھا اس لئے ان بچوں کو پاکر وہ بہت خوش ہوا کیوں کہ وہ چاہتا تھا کہ ان بچوں کی مدد سے وہ ان حالات کا پتہ

لگانے میں کامیاب ہو جائے گا جن کا زمین کے دوسرے سائنس دانوں کو پتہ نہیں ہے اور اس لحاظ سے جس طرح کولمبس نے امریکہ دریافت کیا تھا اسی طرح مریخ کا راستہ دریافت کرنے کا سہرا اس کے سر ہوگا۔ اِس لئے اس نے فیصلہ کرلیا کہ وہ ان بچّوں کو پولیس کے حوالے نہیں کرے گا بلکہ اپنے ہاں ہی چھپا کر رکھے گا اور جب تک وہ مریخ تک خود نہیں پہنچ جاتا اِن بچّوں کو کسی دوسرے کے حوالے نہیں کرے گا۔

یوں ہی باتیں کرتے کرتے وہ سڑک سے گزر کر ایک کھُلے سے میدان میں پہنچ گئے جہاں ہزاروں ہیلی کوپٹر کھڑے تھے ان سب کی شکلیں اور صورتیں اس قدر ملتی جلتی تھیں کہ خود بوڑھے آدمی کو اپنا ہیلی کوپٹر ڈھونڈنا مشکل ہوگیا۔ لیکن اپنے ہیلی کوپٹر کا نمبر اُسے یاد تھا اور اس کی مدد سے اس نے اپنے ہیلی کوپٹر کا پتہ لگا ہی لیا۔

"بچو تم تو شاید نہیں جانتے" بوڑھا بولا "لیکن اب ہمارے ہاں وہ بیسویں صدی کی موٹر کاروں کا رواج نہیں رہا اُن کی جگہ ان ہیلی کوپٹروں نے لے لی ہے۔ دیکھنے میں تو یہ ہوائی جہاز جیسا ہے لیکن ایک معمولی ہوائی جہاز کے مقابلے میں کہیں زیادہ مفید ہے۔ اس کا سب سے بڑا فائدہ یہ ہے کہ ہوائی جہاز کی طرح اسے زمین پر اُترنے کے لئے بہت بڑے ہوائی اڈے کی ضرورت نہیں ہوتی۔ یہ اتنا چھوٹا ہوتا ہے کہ اسے جہاں چاہو اُتارا جا سکتا ہے اور

جہاں سے چاہو اوپر چڑھایا جا سکتا ہے۔"
بچّوں نے اِدھر اُدھر مڑ کر دیکھا تو انہیں کئی ہیلی کوپٹر تیرتے ہوئے دکھائی دیئے۔ ان میں سے کئی اسی میدان میں نیچے اُترے۔ ان کے مالکوں نے ہیلی کوپٹروں کے ڈرائیوروں کو پیسے دیئے اور پھر اپنے اپنے ہیلی کوپٹروں میں چڑھ کر چلتے بنے۔ بوڑھے آدمی نے انہیں بتایا کہ یہ لوگ وہ ہیں جو دُور دراز علاقوں میں کام کرنے کے لئے آتے ہیں۔ اپنا ہیلی کوپٹر اس میدان میں چھوڑ جاتے ہیں، کیوں کہ ہیلی کوپٹر اتنے زیادہ ہیں کہ عام آدمیوں کو شہر کے مصروف علاقوں کے اندر اتارنے اور کھڑے کرنے کی اجازت نہیں ہے۔
اپنے اپنے کام کی جگہوں سے یہ لوگ ان ہیلی کوپٹروں میں آتے ہیں جو ٹیکسی کی طرح چلتے ہیں اور جن میں لوگ کرایہ ادا کر کے بیٹھ جاتے ہیں جس طرح پُرانے زمانے میں لوگ ٹیکسی کاروں کا استعمال کرتے تھے۔
اتنے میں بوڑھا آدمی بھی اپنے ہیلی کوپٹر کی سیٹ کے سامنے بیٹھ گیا اور اس کے پیچھے کی سیٹ پر عطیہ اور جاوید بیٹھ گئے۔ ان کے بیٹھتے ہی بوڑھے نے ہینڈل گھما دیا جس سے دروازہ بند ہو گیا اور ہیلی کوپٹر اوپر اٹھنا شروع ہو گیا۔ کچھ دیر اوپر اُٹھنے کے بعد وہ شمال کی طرف مڑ گیا اور بہت تیزی کے ساتھ ایک ٹیڑھے زاویے پر اُڑنا شروع ہو گیا۔ اُڑتے ہوئے وہ اتنا خطرناک معلوم ہو رہا تھا کہ اگر ان کے آس پاس اور بیسیوں ہیلی کوپٹر اُڑتے ہوئے

نظر نہ آتے تو عطیہ اور جاوید مارے ڈر کے چلّانا شروع کر دیتے کیوں کہ وہ سب اس طرح سے اُڑ رہے تھے کہ جیسے بس اب گرنے ہی والے ہیں۔

کوئی دو ڈھائی گھنٹے اسی طرح اُڑنے کے بعد وہ لوگ ایک ویران سے علاقے میں اُتر پڑے لیکن انہوں نے سامنے دیکھا تو کھیتوں کے پرے ایک چھوٹا سا پُرانی طرز کا مکان موجود تھا۔ بوڑھا آدمی ہیلی کوپٹر دہیں ویرانے میں چھوڑ کر ان دونوں بچّوں کو لے کر اسی مکان کی طرف چلنے لگا۔

ابھی وہ لوگ مکان کے پاس پہنچے ہی تھے کہ مکان کے اندر سے تین بچے دو لڑکے اور ایک لڑکی "پاپا" —— "پاپا" کہتے دوڑتے ہوئے باہر آ گئے۔ لڑکی نے جو تقریباً عطیہ جتنی ہی تھی اپنے پاپا سے پوچھا "پاپا ہمارے لئے شہر سے کیا لائے؟" اور پھر روتی صورت بنا کر کہنے لگی "ارے کہاں ہے وہ میری بولنے والی گڑیا اور آپ تو میرے گڈّے کا ہوائی جہاز بھی نہیں لائے۔"
"دیکھو تو سہی بیٹا" بوڑھے آدمی نے خوشی سے چلّاتے ہوئے کہا "میں ان چیزوں کی جگہ تمہارے لئے کیا کچھ لایا ہوں۔ یہ رہے تمہارے ساتھ کھیلنے کے لئے دو ساتھی۔" اور یہ کہہ کر اس نے عطیہ اور جاوید کو جو شرماتے شرماتے پیچھے آ رہے تھے، سامنے کر دیا۔

بوڑھے آدمی کے بچّے پہلے تو انہیں دیکھ کر شرما گئے لیکن بعد میں فوراً ہی ان سے گھل مل گئے حتیٰ کہ انہیں اتنا بھی خیال نہ رہا کہ وہ ان کا نام تک

دریافت کرلیں۔ وہ انہیں پاکر اتنے خوش ہوئے کہ انہیں یہ پوچھنے کی ضرورت بھی نہیں پڑی کہ یہ کون لوگ ہیں اور کہاں سے آئے ہیں۔ اپنے بچوں کے ساتھ ان بچوں کو گھلتے ملتے دیکھ کر بوڑھا بہت خوش ہوا۔ اس نے بچوں کو پچکارتے ہوئے کہا "بچو دیکھو! اگر تم نے اگلے ہفتے تک اپنا سکول کا کام اچھی طرح سے ختم کرلیا تو تمہیں چاند کی پک نِک پر لے چلیں گے۔"

"اوں ہوں" اس کی بیٹی مچلتے ہوئے بولی "ہم پاپا کی یہ ساری چالاکیاں سمجھتے ہیں۔ ذرا وہ سامنے والے لٹکتے شہر کی سیر تو کرائی نہیں جاتی اور چاند کی سیر کے سبز باغ دکھائے جارہے ہیں۔"

بوڑھا تو یہ سن کر مسکرا کر چپ رہا لیکن جاوید چونک کر بولا "کون سے لٹکتے ہوئے شہر کی؟"

"بھئی اس سامنے شہر کی۔ وہی عین اوپر والا شہر جس کی دس سالہ سالگرہ کل منائی جارہی ہے۔"

"کہاں پر ہے وہ شہر؟" جاوید حیران ہو کر بولا۔

"تمہیں نظر نہیں آتا کیا" ان بچوں نے اس سے بھی زیادہ حیران ہوکر پوچھا۔

"ارے بھئی رات کو وہاں پر چراغاں نہیں دیکھتے ہو کیا؟" چھوٹی بچی نے چلا کر جاوید سے پوچھا۔

جاوید کو پریشان دیکھ کر وہ بوڑھا آدمی بولا "بچو یہ بچے بہت دور سے مہمان

آئے ہیں اس لئے انہیں نہیں پتہ کہ لٹکتے ہوئے شہر کیا ہوتے ہیں ؟"

"کہاں سے آئے ہیں" ان تینوں نے حیرت سے پوچھا۔

"یہ تو میں پھر بتاؤں گا۔ پہلے مجھے ان دونوں کو یہ بتا لینے دو کہ یہ لٹکتے ہوئے شہر کیا چیز ہیں"

"ہاں ہاں ضرور بتایئے" عطیہ اور جاوید دونوں ہی ایک ساتھ بولے۔

"لو سنو" بوڑھے آدمی نے کہا "آج سے چالیس پچاس سال پہلے کچھ آدمیوں نے سوچا کہ ہوا میں ایسے راکٹ چھوڑنے چاہئیں جو خلاء کو پار کر جائیں۔ چنانچہ ایسے راکٹ چھوڑے گئے۔ وہ زمین سے سینکڑوں میل اوپر اٹھ گئے۔ لیکن کچھ عرصہ بعد وہ اور اوپر اُٹھنا بند ہو گئے اور اسی رفتار سے زمین کے گرد چکر لگانے لگے جس رفتار سے انہیں چھوڑا گیا تھا۔ ان کے اس طرح چکر لگانے سے خلاء میں چھوڑے جانے والے راکٹوں کا تجربہ تو اُسی وقت کامیاب نہیں ہو سکا لیکن ایک اور چیز ہو گئی۔ لوگوں کو پتہ چل گیا کہ اگر ایک بار کششِ زمین کے دائرے سے چھٹکارا پا لیا جائے اور کسی دوسرے ستارے اور سیارے کے حلقے میں بھی داخل نہ ہوا جائے تو ایک نقطہ ایسا آ سکتا ہے کہ اُڑنے والی کوئی چیز دو کششوں یعنی زمین کی کشش اور کسی دوسرے سیارے کی کشش کے درمیان لٹکتی رہ جائے اور ایسی صورت میں اُسے اُڑتا رکھنے کے لئے کسی تیل، پٹرول، گیس یا طاقت

کی ضرورت نہیں ہوگی۔ دھیرے دھیرے لوگوں نے یہ بھی دیکھ لیا کہ اگر راکٹ اتنی بلندی پر چھوڑا جائے کہ اس درمیانی نقطے پر پہنچ جائے اور زمین کی طرح مشرق سے مغرب کی طرف گھومے اور زمین ہی کی رفتار سے گھومے تو وہ ہمیشہ وہیں پر رہے گا جہاں سے کہ اسے چھوڑا گیا تھا۔ یہی وجہ ہے کہ دس سال پہلے ہمارے شہر سے چھوڑا جانے والا راکٹ اب تک ہمارے ہی شہر کے اوپر ہے۔"

"لیکن راکٹ شہر کیسے بن گیا؟" جاوید نے حیرت سے آنکھیں پھاڑتے ہوئے سوال کیا۔

"یہ بات بھی تمہیں بتائے دیتا ہوں۔ حالاں کہ یہ کوئی مشکل چیز نہیں ہے۔ ایک راکٹ چھوڑنے کے فوراً ہی بعد اُسی بلندی پر اُسی رفتار اور اُسی سمت اور بھی راکٹ چھوڑے جاتے ہیں۔ دھیرے دھیرے انہیں ریل کے ڈبوں کی طرح ایک دوسرے سے جوڑتے چلے جاتے ہیں۔ یہاں تک کہ ہزاروں راکٹوں کی باربرداری کے باعث یہ جگہیں اتنی بڑی ہو سکتی ہیں کہ چاند وغیرہ پر اُڑ کر جانے والے لوگ وہاں پر رُک کر پٹرول اور گیس وغیرہ ڈلوا سکتے ہیں، اور کچھ دیر آرام بھی کر سکتے ہیں۔"

"مگر بچو۔" بڈھے آدمی نے اپنے بچوں سے مخاطب ہو کر کہا "ان لوگوں کو کچھ کھانے پینے کو بھی تو دو۔"

"ارے ہاں یہ تو میں بھول ہی گیا" بڑے لڑکے نے جواب دیا اور ساتھ والے کمرے میں چلا گیا۔

"سنو بچو" بوڑھے آدمی نے پھر کہا ان لوگوں کو پہلے کچھ پیٹ بھرنے کی چیزیں دو" یہ سن کر عطیہ اور جاوید کی جان میں جان آئی کیوں کہ پچھلے تین چار گھنٹے سے وہ بری طرح سے بھوک محسوس کر رہے تھے۔
اتنے میں بڑا لڑکا پچھلے کمرے سے واپس آ گیا اور اب اس کے ہاتھ میں کاغذ میں لپٹی ہوئی چار چھوٹی چھوٹی گولیاں تھیں۔
" تو پھر آپ لوگ پہلے پیٹ بھرنا چاہتے ہیں" اُس نے عطیہ اور جاوید سے پوچھا۔
"جی ہاں" جاوید نے جواب دیا۔
" تو لیجئے" اور یہ کہہ کر اُس نے دو دو گولیاں اِن دونوں کو تھما دیں۔
"لیکن ہم تو کھانا کھائیں گے" عطیہ نے کہا۔
"کھانا کیا" لڑکے نے حیرانی سے اُن کی طرف دیکھتے ہوئے کہا۔
ان کی پریشانی کا اندازہ کرتے ہوئے بوڑھا آدمی بولا "بچو! تم کیا کھانا چاہتے ہو؟"

" یہی جو سب لوگ کھاتے ہیں" جاوید نے جواب دیا۔
" اچھا.... تم وہ چیزیں کھانا چاہتے ہو جو لوگ سو سال پہلے کھایا کرتے تھے سو وہ تو تمہیں نہیں ملیں گی۔ ہم سب تو یہی کھاتے ہیں"۔
" لیکن اِس سے بھُوک کیسے مٹے گی "عطیہ نے ہمت کر کے پوچھ ہی لیا۔
" بھئی بہت باتیں کرتی ہے یہ چھوٹی سی بچی" بوڑھا آدمی بولا" تم ذرا کھاؤ تو سہی"۔ آخر مجبور ہو کر دونوں نے ایک ایک گولی کا کاغذ کھولا اور اُسے مونہہ میں ڈال لیا۔
" ارے یہ کیا" جاوید نے حیرانگی سے چلّا کر کہا" یہ تو مرغ کے سینڈوچ معلوم ہوتے ہیں"۔
" نہیں نہیں" عطیہ بولی" مجھے تو اس گولی سے شامی کباب کا مزا آرہا ہے" اور یہ سُن کر بوڑھا آدمی اور اس کے بچّے لوٹ پوٹ ہو گئے۔
لیکن عطیہ اور جاوید کوشش کے باوجود ان ننھی ننھی گولیوں کو چبا نہیں سکتے تھے۔

" انہیں چبانے یا نگلنے کی کوشش مت کرو" بوڑھے آدمی نے کہا" کیوں کہ یہ بنی ہی اس طرح سے ہیں کہ نہ چبائی جا سکتی ہیں اور نہ حلق سے نیچے اُتر سکتی ہیں"۔
" لیکن کیوں؟" جاوید نے پوچھا۔

"محض اس لئے" بوڑھے آدمی نے جواب دیا" کہ تم لوگوں کو اتنی چھوٹی سی گولی کھا کر مزا بھی ملتا رہے، بھوک بھی مٹتی رہے اور ساتھ ہی ساتھ یہ خیال بھی آتا رہے کہ آپ کچھ کھا رہے ہیں۔ بیسویں صدی میں لوگ کھانے اور کھانے کے لئے کمانے پر بے حد وقت ضائع کیا کرتے تھے اب ہم نے اس کا علاج کر لیا ہے۔ ہمارے ہاں ہر ایک چیز کی گولیاں موجود ہیں جن میں ہر مقدار میں خوراک موجود ہوتی ہے لیکن جن کا سائز ہمیشہ ایک سا ہوتا ہے۔ یہ تین گولیاں جو تم لوگ کھا رہے ہو، ایک نوجوان آدمی کی ایک وقت کی خوراک ہیں۔"

"اُف پیٹ بھر گیا" جاوید بولا۔

"اور مجھے تو نیند آ رہی ہے" عطیہ نے جواب دیا۔

"ابا تو ہم اپنے اِن دوستوں کو اپنے کمرے میں سلا دیں" بڑے لڑکے نے اپنے باپ سے پوچھا۔

"تمہارے کمرے میں تو پہلے ہی کافی بھیڑ ہے۔ کیوں نہ انہیں علیحدہ کمرہ دے دیا جائے۔ کیوں کہ یہ تو کافی عرصہ ہمارے پاس رہیں گے" بوڑھا آدمی بولا۔

"مگر کون سا کمرہ؟" لڑکے نے پوچھا۔

" ہاں یہ سوچنا بھی ضروری ہے" بوڑھے آدمی نے کچھ سوچتے ہوئے کہا "کیوں کہ کمرہ تو کوئی بھی خالی نہیں۔"

"لیکن ابا اگر ہم وہ اسٹور والا کمرہ اِن کے حوالے کردیں تو کیسا رہے۔ سامان دوسرے کمرے میں کئے دیتے ہیں" لڑکے نے جواب دیا۔

"مگر بیٹا اُسے کھینچ کر اُوپر کون کرے گا، کیوں کہ اُسے اُوپر لانے والا بٹن تو پرسوں ٹوٹ گیا تھا" بوڑھے آدمی نے کہا۔

"لیجئے یہ بھی کوئی بات ہے" لڑکے نے جواب دیا "ہم سب مِل کر اُسے اُوپر کھینچ لیں گے"

"تو پھر آؤ" بوڑھا آدمی بولا۔ اور وہ سب اُٹھ کر مکان کے دوسری طرف چلے گئے۔

دوسری طرف برآمدے میں پہنچ کر بوڑھے آدمی نے برآمدے میں بچھی ہوئی دری کھسکائی اور نیچے سے لکڑی کا ایک ڈھکنا نکل آیا۔ بوڑھے نے ڈھکنا بھی کھول دیا اور اُس کے نیچے سے لوہے کی ایک لمبی سی زنجیر باہر کھینچ لی "لو بچو اب زور لگاؤ" اور یہ کہہ کر وہ ساتھ والی سیڑھیوں پر چڑھ گئے جو برآمدے کے ساتھ ہی تھیں، سیڑھیوں پر چڑھ کر وہ برآمدے کے عین اُوپر پہنچ گئے "لو اب کھینچو اُوپر" بوڑھے آدمی نے کہا۔

سب نے مل کر کھینچا تو یوں محسوس ہوا کہ کوئی بہت بڑا بکس برآمدے کے نیچے سے اُوپر کی طرف اُٹھ رہا ہے "اور زور لگاؤ —— اور —— بس ——

اب تھوڑا سا اور" یہ کہہ کر وہ سب اُسے اُوپر کھینچتے چلے گئے۔ یہاں تک کہ وہ بکس ان تک پہنچ گیا" بس اب ٹھیک ہے" بوڑھے نے کہا اور سب نیچے اتر آئے ــــ نیچے اُتر کر انہوں نے دیکھا کہ برآمدہ وغیرہ تو غائب ہو چکا تھا لیکن اس کی جگہ ایک چھوٹا سا کمرہ موجود تھا جس میں موٹی موٹی کتابوں کے ڈھیر اور لکڑی کے بڑے بڑے بکس پڑے تھے" میں ان سب چیزوں کو ہٹائے دیتا ہوں۔ ہمارے گھر میں بیسوی صدی کی ان پُرانی چیزوں کے لئے جگہ نہیں ہے اس لئے ہم نے اِن چیزوں کو اسٹور میں رکھا ہوا ہے۔ عام طور سے تو یہ بٹن دبانے سے اُوپر آجایا کرتا ہے۔ لیکن آج کل بٹن خراب ہوگیا ہے اس لئے تم لوگوں کو یہ تکلیف دینا پڑی۔"

تھوڑی ہی دیر میں کمرہ صاف ہوگیا اور بوڑھے آدمی نے خود آکر اِن دونوں کے لئے بستر بچھا دیئے۔ عطیہ جسے ایسے آرام دہ بستروں پر سوئے ایک مدّت گزر چکی تھی بستر پر لیٹتے ہی سو گئی۔ گولیاں کھا کر جاوید کا بھی پیٹ بھر چکا تھا۔ اور اسے بھی نیند آرہی تھی اور وہ بھی چند ہی منٹوں میں سو گیا۔

جب ان کی آنکھ کھلی تو انہوں نے دیکھا کہ صبح ہو چکی تھی اور آدمی نمبر ۱۱۳ کے تینوں بچے اُن کے سرہانے کھڑے انہیں جگا رہے تھے "اُٹھئے نا،

صبح ہو چکی ہے۔ اور پاپا نے تو آپ کے لئے پُرانے ڈھنگ کا ناشتہ بھی تیار کیا ہے "۔

عطیہ تو یہ سُن کر اٹھ بیٹھی لیکن جاوید کی آنکھوں میں ابھی تک نیند بھری ہوئی تھی۔ بہت دنوں کے بعد اُسے جی بھر کر سونے کو ملا تھا اس لئے اُس سے اٹھا نہیں جا تا تھا۔ یہ دیکھ کر آدمی نمبر ۱۱۳ کے بڑے لڑکے سے اُس کی چھوٹی بہن نے کہا " بھیّا یہ تو تمہاری طرح جاگنے کا نام ہی نہیں لیتے، کہو تو " نیند کھول " لگا دوں "

" وہ کیا ہوتا ہے ؟" عطیہ نے آنکھیں پھاڑتے ہوئے پوچھا۔

ہنستے ہوئے وہ لڑکی بولی " لو یہ نیند کھول بھی نہیں جانتی بھئی، یہی نیند کھول " اور اس نے سامنے میز پر پڑی ہوئی ایک شیشی اُٹھائی، اُس کا ڈھکنا کھولا اور جاوید کے کان کے پاس لگا دی۔ شیشی کے چھُونے کی دیر تھی کہ جاوید یوں اُٹھ بیٹھا جیسے کہ کبھی سویا ہی نہ تھا۔ حیرت سے عطیہ نے شیشی کو دیکھا تو اندر سے بالکل خالی تھی لیکن اُس میں سے کوئی ایسی بو آرہی تھی کہ سونگھا نہ جا تا تھا۔

اِن بچوں نے ہنستے ہنستے انہیں بتایا کہ یہ " نیند کھول " شیشیاں بازار میں عام ملتی ہیں اور اُس وقت استعمال کی جاتی ہیں جب کہ کوئی زیادہ دیر کے لئے سویا ہوا ہو اور اُسے جلدی جگانا ہو۔

"کیا مطلب" جاوید نے پوچھا۔

"بھئی عجیب آدمی ہو تم بھی کس جہاں میں رہتے آئے ہو کہ سیدھی سادی باتوں کا مطلب بھی نہیں سمجھتے۔"

اتنے میں آدمی نمبر ۱۱۳ بھی آ گیا اور اس نے عطیہ اور جاوید کو سمجھاتے ہوئے کہا "بچو بات دراصل یہ ہے کہ اب سونے اور جاگنے کے لئے نیند آنے کی ضرورت نہیں ہوتی۔ ہم نے بہت سے تجربوں کے بعد فیصلہ کیا ہے کہ انسان کو اچھی صحت رکھنے کے لئے چوبیس گھنٹوں میں کم از کم نو گھنٹے سونا چاہئے لیکن کوئی ضروری نہیں ہے کہ آدمی رات ہی کو سوئے جیسا کہ پرانے زمانوں میں لوگ کرتے تھے۔ کیوں کہ رات کو بھی کئی لوگوں کو بہت سے ضروری کام کرنا ہوتے ہیں۔ اس لئے جب بھی سونے کی ضرورت ہوتی ہے بجلی کا یہ آلہ جسم کے کسی حصے کو لگا دیا جاتا ہے۔" اور اس نے سامنے لگی ہوئی ایک تار کی طرف اشارہ کیا جس کے آگے ایک رتی سی لپٹی ہوئی تھی "بس جب بھی تم سونا چاہو یہ رتی اپنے جسم کے کسی حصے پر لپیٹ لو اور اس کے بعد

لگا ہوا وہ سوئچ دبا دو اور جتنی بھی دیر کے لئے تم سونا چاہو، تم ساتھ ہی لگے ہوئے میٹر کی سوئی اتنے ہندسے پر کر دو اور بس رتی لپیٹ کر" وہ یہ جملہ ختم بھی نہ کرنے پایا تھا کہ جاوید بول اٹھا "پھانسی لے لو۔"

"بہت شریر ہو تم" آدمی نمبر ۱۱۳ نے کہا۔

"پھانسی نہیں تو اور کیا ــــ اگر وقت سے پہلے اُٹھنا ہو تو؟"

"تو یہ "نیند کھول" کی شیشی تمہارے کانوں کو سونگھا دی جائے؟"

"ہم یہ "نیند کھول" یا "نیند توڑ" نہیں سونگھیں گے" عطیہ مچل کر بولی۔

"اچھا بھئی نہ سہی" لیکن آؤ ناشتہ کرلو میں نے خاص طور سے بیسوی صدی کی ایک پُرانی کتاب دیکھ کر تمہارے لئے ناشتہ تیار کیا ہے۔"

وہ لوگ جب ناشتہ کر چکے تو آدمی نمبر ۱۱۳ نے اپنے بچوں سے کہا "اچھا بھئی تمہارے تو اسکول کا وقت ہو گیا ہے اور میں اپنی لیبارٹری میں جا رہا ہوں۔ اب یہ بتاؤ کہ تمہارے یہ دوست کیا کریں گے؟"

"یہ بھی ہمارے ساتھ رہیں گے" لڑکی نے جواب دیا ــــ

"یہ تو بہت اچھا ہے، لیکن بیٹا اپنے ان مہمانوں کا خاص طور سے خیال رکھنا۔"

اور یہ کہہ کر آدمی نمبر ۱۱۳ تو میز سے اُٹھ کر کمرے سے باہر چلا گیا ــــ اور عطیہ اور جاوید ان تینوں بہن بھائیوں سے باتیں کرتے رہے۔ تھوڑی ہی دیر میں یہ پانچوں بہت گہرے دوست بن چکے تھے۔

عطیہ اور چھوٹی لڑکی جس نے اپنا نمبر ۱۸۱۹ بتلایا تھا بہت گہری سہیلیاں بن چکی تھیں۔ اُسی کے بار بار پوچھنے پر عطیہ اور جاوید نے انہیں اپنی اپنی کہانی سُنانی شروع کی۔

عطیہ اور جاوید یہ داستان سُناتے جاتے اور اِن تینوں بچّوں کے آنسو نکلتے جاتے تھے "ارے آپ کی امّی کہاں ہیں" عطیہ نے حیرت سے پوچھا۔

"امّی ——— ہماری امی ——— کوئی نہیں" نمبر ۱۸۱۹ نے ہکلاتے ہوئے کہا

"ہمیں ابّا ہی نے بنایا ہے" بڑا لڑکا بولا۔

اور اس طرح سے عطیہ اور جاوید کو ایک اور عجیب بات معلوم ہوئی کہ ان بچّوں کی کوئی ماں نہیں ہے بلکہ ان بچّوں کو سائنس دان نے اپنی لیبارٹری میں بنایا تھا۔ عطیہ اِس کے متعلق اُن سے کچھ اور پوچھنے ہی والی تھی کہ نمبر ۱۸۱۹ کہہ اُٹھی" ارے بھیّا دیکھو نادس بج چکے ہیں۔ اسکول کا پروگرام نہیں ہے کیا ؟"

"کیوں نہیں ——— کیوں نہیں اچھا چلو اپنے کمرے میں چلیں" منجھلے لڑکے نے جواب دیا جو عام طور پر بہت کم باتیں کیا کرتا تھا۔

"آؤ تم بھی ہمارے ساتھ آؤ" نمبر ۱۸۱۹ نے کہا۔

"لیکن ہم آپ کے ساتھ گئے تو ماسٹر صاحب ہمیں بیٹھنے کی اجازت کیسے دیں گے"

"کون سا ماسٹر ——— کیسا ماسٹر؟ کہاں پر نہیں بیٹھنے دیں گے ؟"

"جماعت میں" جاوید نے جواب دیا۔

یہ سُن کر لڑکا کچھ گھبرا سا گیا۔ اس کی سمجھ میں نہیں آ رہا تھا کہ جاوید کیا کہہ رہا ہے۔ کچھ دیر سوچنے کے بعد ہنستے ہوئے وہ بولا" ارے سمجھا ـــــــ پرانے زمانے میں تم لوگ ماسٹروں کے پاس پڑھنے جایا کرتے تھے اور سُنا ہے خوب پٹائی بھی ہوا کرتی تھی"۔

" تو اب تم لوگ کس سے پڑھتے ہو؟" عطیہ اور جاوید دونوں بول اُٹھے۔

" آؤ بتائیں " اور یہ کہہ کر وہ تینوں اُٹھے، عطیہ اور جاوید کو اپنے ساتھ والے کمرے میں لے گئے جہاں چھوٹی چھوٹی تین میزیں اور ان کے ساتھ تین کرسیاں بھی موجود تھیں سامنے دیوار پر ایک بہت بڑا سا ریڈیو رکھا ہوا تھا " آؤ عطیہ تم میرے پاس بیٹھ جاؤ " نمبر ۱۸۱۹ نے کہا اور بڑے لڑکے نے جاوید کو اپنے پاس بٹھا لیا۔" دیکھو بھیا کیا وقت ہو گیا ہے "نمبر ۱۸۱۹ نے اپنے بڑے بھائی سے پوچھا۔ بھائی نے اپنی کلائی پر بندھی ہوئی گھڑی دیکھتے ہوئے جواب دیا" نہیں ابھی دو منٹ باقی ہیں"۔

" تو پھر آؤ" لڑکی بولی " اپنی یاد شین فٹ کر لیں"۔

" ارے ہاں یہ تو ہم آج بھول ہی گئے " نمبر ۱۸۱۹ کے منجھلے بھائی نے کہا اور انہوں نے اپنی اپنی میزوں کی درازیں کھول کر اُن میں سے اس قسم کے آلے نکالے جیسے ٹیلی فون پر کام کرنے والے یا ریڈیو پر براڈ کاسٹ کرنے والے کانوں پر لگاتے ہیں اور جنہیں " ہیڈ فون " کہتے ہیں۔ یہ آلے ان تینوں نے اپنے

سر پر فٹ کر لئے اور منجھلے لڑکے نے اُٹھ کر ریڈیو کا سوئچ کھول دیا۔ اس کے کھولتے ہی کمرے میں ایک دم اندھیرا ہو گیا اور سامنے دیوار پر ایک بوڑھے آدمی کی شکل آ گئی جس نے ہاتھ میں بہت لمبی سی چھڑی پکڑی ہوئی تھی جس سے وہ ایک نقشے کی طرف اشارہ کر رہا تھا۔

" تو بچو، ہم یہ پڑھ رہے تھے کہ ہماری دنیا کے لوگ چاند تک کیسے پہنچے۔ آج ہم مریخ کے بارے میں پڑھیں گے۔ تم نے آج ہی سُنا ہوگا کہ کل مریخ سے ایک راکٹ جہاز زمین پر اُترا تھا جس میں ایک مریخی آدمی تھا اور دو بچے بھی ....."

یہ سنتے ہی عطیہ کی ڈر کے مارے چیخ نکل گئی اور جاوید بھی کمرے سے باہر بھاگ گیا۔ ان ہی کے ساتھ وہ تینوں بچے بھی بھاگے باہر آ گئے۔

" یہ تم نے کیا کیا؟" بڑے لڑکے نے جاوید سے پوچھا۔

" ہمارا سبق خراب ہو جائے گا" منجھلے لڑکے نے کہا۔

" تو تم جاؤ، ہم یہاں ساتھ والے کمرے میں بیٹھے ہیں" جاوید نے جواب دیا۔

" تم کیوں نہیں آتے" منجھلے لڑکے نے پوچھا۔

" سچی بات تو یہ ہے کہ ہمیں کمرے میں جانے سے ڈر لگتا ہے" جاوید نے کہا۔

" لیکن کیوں" نمبر ۱۸۱۹ نے پوچھا۔

" وہ آدمی ہمیں پکڑ لے گا" عطیہ نے کہا۔

" ہوں پگلی" نمبر ۱۸۱۹ بولی " وہ کیا تمہیں دیکھ رہا ہے، وہ تو ٹیلی ویژن پر لیکچر دے

رہا ہے۔"

"لیکن تم نے سر پر یہ ٹیلی فون سے کیا لگا رکھے ہیں؟" عطیہ نے پوچھا۔

بڑے لڑکے نے جواب دیا "یہ اس لئے تاکہ جو کچھ بھی ہم پڑھیں وہ یاد رہے۔ پاپا نے ہمیں بتایا ہے کہ پُرانے زمانے میں بچّوں کو اپنے سبق طوطوں کی طرح رٹنے پڑتے تھے۔ لیکن سبق یاد کرنے کے لئے یہ "یاد مشین" لگا لینا کافی ہے۔ اور اس کے بعد سارا سبق خود بخود یاد ہو جاتا ہے۔"

اس کے بعد وہ دونوں واپس اُسی کمرے میں چلے گئے۔ لیکن جاوید کے سر میں درد ہو رہا تھا اِس لئے وہ اُٹھ کر اپنے کمرے میں چلا آیا اور اُس کے ساتھ ہی عطیہ بھی آگئی کیوں کہ ان دونوں کے سروں میں درد ہو رہا تھا اس لئے انہوں نے نیند کے دونوں تار سامنے سے اُٹھائے اور نمبر ۱۱۳ کے بتائے ہوئے طریقے کے مطابق اپنی اپنی کلائیوں سے باندھ لئے اُن کے باندھتے ہی وہ ایسے سوئے جیسے برسوں سے نیند میں ہوں۔

"بھئی بہت سوتے ہو تم" نمبر ۱۸۱۹ نے "نیند کھول" شیشی سے انہیں جگاتے ہوئے کہا۔

" زیادہ کہاں سوئے ہیں ابھی تو سوئے تھے " جاوید نے کہا۔

" لو اور سنو ہم نے تو سات کتابیں بھی پڑھ ڈالیں اور یہ کہہ رہے ہیں کہ ابھی سوئے تھے۔"

" ہیں —— سات کتابیں " جاوید نے یقین نہ کرتے ہوئے پوچھا۔

" اور نہیں تو کیا —— ان میں سے تین زبانی یاد بھی کرلیں ہیں " منجھلے لڑکے نے جواب دیا ——

" یہ کیسے ہو سکتا ہے، شاید وہ کتابیں دو دو صفحوں کی ہوں گی " جاوید نے بحث کرتے ہوئے کہا۔

" دو دو صفحوں کی نہیں بلکہ دو دو سو صفحوں کی ہیں، یقین نہ ہو تو ساری کی ساری سنا ڈالتے ہیں "

" بھئی بات دراصل یہ ہے " بڑا لڑکا بولا " کہ ہم لوگ تمہارے پرانے زمانے کی طرح کتابیں نہیں پڑھتے، بلکہ اب لوگ دوسری طرح سے پڑھتے ہیں "

" کیسے ؟ " جاوید نے حیران ہو کر پوچھا۔

" بس یہی کہ جب کوئی کتاب پڑھنی ہوتی ہے اُسے اپنے سامنے میز پر رکھ لیتے ہیں۔ اور پھر آنکھوں پر یہ ایٹمی عینک لگا لیتے ہیں اور دماغ پر " یاد شین " لگا لیتے ہیں۔ اِس ایٹمی عینک کا ایک ریگولیٹر ہے۔ جس سے جس رفتار سے کوئی کتاب پڑھنی ہوتی ہے اسی رفتار سے ہزاروں الفاظ نظر کے سامنے سے گزرنے شروع ہو جاتے ہیں اور یاد شین کی مدد سے دماغ میں ریکارڈ ہوتے رہتے ہیں۔ یہی وجہ ہے کہ ہم چھوٹی ہی عمر میں ہزاروں کتابیں پڑھ لیتے ہیں جب کہ پرانے زمانے میں لوگ بہت تھوڑی کتابیں پڑھ سکتے تھے "

"کیا ہم بھی پڑھ سکتے ہیں؟"

"کیوں نہیں۔"

"تو آؤ پڑھیں" عطیہ نے کہا۔

"لیکن ابھی نہیں" نمبر ۱۸۱۹ نے جواب دیا۔

"کیوں" عطیہ نے پوچھا۔

"اِس لئے کہ ابھی پاپا ہمیں بازار لے جانے والے ہیں، تم بھی چلو۔"

"لیکن ہم ——" جاوید کچھ کہتے کہتے رُک گیا۔ اتنے میں آدمی نمبر ۱۱۳ بھی آگیا۔ بچوں نے اس سے کہا کہ یہ دونوں اُن کے ساتھ بازار جانے سے ڈرتے ہیں۔

"ہوں —— پگلے۔ میرے ساتھ ہوتے ہوئے تمہیں کس بات کا ڈر ہے۔ کیوں کہ میں تمہیں ایسا بنا دوں گا کہ تمہیں کوئی پہچان نہیں سکے گا۔"

"وہ کیسے" جاوید نے پوچھا۔

"بس ایسے" آدمی نمبر ۱۱۳ نے جواب دیا" تمہارا نام جاوید نہیں بلکہ ۱۸۱۹ ہے اور عطیہ تمہارا نام ۱۸۲۰ ہے اور تم دونوں میری لیبارٹری میں پیدا ہوئے ہو۔ اور ماں ان کے ساتھ جاکر یہ اپنے پُرانے کپڑے بھی بدل لو۔"

تھوڑی دیر بعد جاوید اور عطیہ بھی نمبر ۱۱۳ کے بچوں کی طرح نائیلون کے عجیب عجیب قسم کے کپڑے پہن کر نمبر ۱۱۳ کے کمرے میں آ گئے۔

"تو تم سب تیار ہو۔"

"جی ہاں" بڑے لڑکے نے جواب دیا۔

"تو میں اپنا ہیلی کوپٹر نکالتا ہوں، تم چھت پر آجاؤ۔"

جب بچے چھت پر پہنچے تو نمبر ۱۱۲ اپنا ہیلی کوپٹر اسٹارٹ کر چکا تھا۔ اُس نے ان سب کو اُس میں بٹھایا اور اُسی طرف اُڑا لے گیا جس طرف سے وہ کل عطیہ اور جاوید کو لایا تھا۔ کوئی آدھے گھنٹے بعد وہ لوگ اسی اُونچی سی عمارت سے گزر رہے تھے جہاں پر کل ان کا راکٹ اترا تھا۔ انہوں نے نیچے جُھک کر دیکھا تو اب بھی راکٹ کے آس پاس لوگ کھڑے تھے جو یوں لگتا تھا کہ لوہے کے بنے ہوں۔ ڈر کے مارے اُن دونوں نے اپنا سر نیچا کر لیا۔ یہ دیکھ کر نمبر ۱۱۲ نے کہا "بھئی ۸۱۴! یہ دیکھو نا مریخ سے کل راکٹ آیا تھا اور پولیس ابھی تک پتہ نہیں چلا سکی کہ کیسے آیا تھا۔"

"جی جی ———" جاوید بولا

"تم سمجھتے ہو ———" نمبر ۱۱۲ نے کہا "اب سے تم بالکل اس طرح رہو گے گویا تم یہیں کے ہو اور مریخ سے آنے والے عطیہ اور جاوید سے تو تم واقف تک نہیں ہو۔"

"ہاں ہم نہیں جانتے کہ عطیہ اور جاوید کون ہیں" جاوید بولا "لیکن یہ تو بتلایئے کہ یہ لوہے کے سپاہی کیا بلا ہیں۔"

ہیلی کوپٹر کا اسٹیرنگ تھامے تھامے نمبر ۱۱۲ نے جواب دیا "سپاہیوں کو پہرہ وغیرہ

کا بہت سخت کام کرنا پڑتا ہے۔ پُرانے زمانے میں تو لوگ ایسے بھاری کام کرنے کے لئے تیار ہو جاتے تھے۔ لیکن اب کوئی ایسے کام کرنا پسند نہیں کرتا۔ اس لئے ہم لوگوں نے لوہے کے سپاہیوں کی ایجاد کی ہے۔ ان کی ہر حرکت کو ایک میل پیچھے بیٹھ کر ریڈیو کی لہروں سے کنٹرول کیا جا سکتا ہے۔ اس کا ایک فائدہ یہ بھی ہوتا ہے کہ لوہے کے سپاہی گوشت پوست کے سپاہیوں سے زیادہ سخت جان ہوتے ہیں اور ہر قسم کی گرمی اور سردی برداشت کر سکتے ہیں۔ بس صرف ایک ہی مشکل ہے کہ وہ اپنے آپ خود سوچ نہیں سکتے۔"

یہی باتیں کرتے کرتے وہ ہوائی اڈے سے آگے اُڑ گئے اور اب وہ ایک ایسے علاقہ سے گزر رہے تھے جہاں بہت ہی بھیڑ بھاڑ تھی "لو بچو بازار آگیا۔ لیکن مشکل یہ ہے کہ ہیلی کوپٹر اتارا کہاں جائے کیوں کہ یہاں جگہ نہیں ہے اور اگر کسی غلط جگہ چھوڑا گیا تو پولیس والے چالان کر دیں گے۔"

بہت زیادہ تلاش کے بعد بھی جب انہیں نیچے اُترنے کے لئے کوئی جگہ نہ مل سکی تو وہ اُسے اڑا کر بہت ہی دور لے گیا اور ایک بہت بڑے میدان میں جہاں اور ہزاروں ہیلی کوپٹر کھڑے تھے اپنا ہیلی کوپٹر بھی اتار دیا۔

"لیکن پاپا یہاں سے ہم پیدل چل کر بازار تک کیسے جائیں گے" نمبر ۱۸۱۹ نے اپنے ابا سے پوچھا۔

"کوئی مشکل بات نہیں ہے" نمبر ۱۱۱۳ نے جواب دیا" بازار یہاں سے صرف

ڈھائی سو میل دور ہے اور ہم ٹرین میں زیادہ سے زیادہ پندرہ منٹ میں وہاں پہنچ جائیں گے۔"

"لیکن ٹرین کہاں ہے؟" جاوید نے پوچھا۔

"یہیں پاس ہی ہے، چلو تو سہی" نمبر ۱۱۳ نے جواب دیا۔

وہ لوگ نمبر ۱۱۳ کے پیچھے پیچھے چل دیئے۔ تھوڑی دور جانے کے بعد وہ لوگ سڑک کے کنارے بنے ہوئے ایک کمرے میں داخل ہو گئے۔ داخل ہوتے ہی نمبر ۱۱۳ نے کھینچ کر سامنے کا دروازہ بند کیا۔ دروازہ بند ہوتے ہی ایک سبز بلب روشن ہوا اور پورے کا پورا کمرہ نیچے کی طرف کھسکنا شروع ہو گیا۔

"یہ ہم کہاں جا رہے ہیں" جاوید نے پوچھا۔

"ٹرین کی طرف" نمبر ۱۸۱۹ نے جواب دیا۔

"جھوٹ۔ ٹرینیں کیا نیچے کی طرف جاتی ہیں" عطیہ نے چڑ کر کہا۔

"تو کیا آسمان میں اُڑتی ہیں" منجھلے لڑکے نے جواب دیا۔

"لڑو نہیں بچو" نمبر ۱۱۳ نے کہا "میں تمہیں بتائے دیتا ہوں کہ اصل بات کیا ہے۔ بات یہ ہے کہ زمین ہر جگہ کی اس قدر کم ہو گئی ہے کہ ہم اب بیسویں صدی کی طرح زمین کے اُوپر ٹرینیں نہیں چلاتے۔"

"لیکن زمین کے نیچے ٹرینیں تو پہلے بھی چلا کرتی تھیں" جاوید نے کچھ یاد کرتے ہوئے کہا۔

"ہاں لیکن ——" نمبر ۱۱۳ نے جواب دیا "اِن ٹرینوں اور اُن ٹرینوں میں فرق یہ ہے کہ اب ٹرینیں ہی نہیں چلتیں بلکہ پورے پورے شہر زمین کے نیچے آباد ہیں۔"

"لیکن کیوں؟" عطیہ نے پوچھا۔

"اس لئے کہ زمین کی آبادی بیسویں صدی کے مقابلے میں دس گُنا ہو چکی ہے اور چاند وغیرہ پر جانے کے باوجود بڑھتی ہی جارہی ہے۔ اس لئے اب شہر کے شہر زمین کے نیچے آباد ہیں، لو اسٹیشن بھی آگیا۔"

کمرہ جو تیزی سے نیچے کھسکتا جارہا تھا خود بخود رُک گیا نمبر ۱۱۳ نے دروازہ کھسکایا اور باہر نکل آیا۔ اُسی کے پیچھے پیچھے یہ پانچوں بچے بھی اُتر پڑے۔

"ارے یہ کیا ہم تو پھر زمین پر واپس آگئے ہیں" عطیہ نے اپنے آمنے سامنے کھلا میدان اور ریل کی پٹڑی دیکھ کر کہا۔

"شش، یہاں اور کچھ پُوچھا تو مصیبت پڑ جائے گی" نمبر ۱۱۳ نے عطیہ کو چُپ رہنے کا اشارہ کیا۔

"ذرا اُوپر تو دیکھو" جاوید اوپر دیکھتے ہوئے بولا۔

عطیہ نے سر اُٹھا کر اُوپر دیکھا تو اُوپر آسمان نہیں تھا۔ لیکن بہت اُوپر یعنی کوئی دو تین ہزار فٹ اُوپر نیلے رنگ کی ایک چھت سی نظر آرہی تھی جس میں سے سفید سفید روشنی کے بڑے بڑے لیمپ نیچے لٹک رہے تھے۔

"جاؤ بیٹا ــــــــ میں یہاں ہی ٹھہرتا ہوں" نمبر ۱۱۱۳ نے اپنے بڑے لڑکے سے کہا "اور تم جاکر پانچ ٹکٹ مارکیٹ کے لئے لے آؤ"۔ اس کے بڑے لڑکے کو جاتا دیکھ نمبر ۱۸۱۹ نے بھی جانے کی ضد کی، اِس پر نمبر ۱۱۱۳ نے سب ہی بچوں کو ساتھ جانے کے لئے کہہ دیا اور خود وہیں کھڑے ہو کر انتظار کرنے لگا۔

تھوڑی ہی دور پر ایک چھوٹا سا کمرہ تھا۔ جس میں ایک صندوقچی رکھی تھی اور سامنے ایک الماری کے چھوٹے چھوٹے خانوں میں چھوٹے چھوٹے ٹکٹ رکھے ہوئے تھے اُن میں سے ایک خانے کے نیچے مارکیٹ لکھا ہوا تھا۔ بڑے لڑکے نے اُچک کر اُس خانے میں سے پانچ ٹکٹ اُٹھائے اور پیسے گن کر صندوقچی میں ڈال دیئے۔

"یہ کیا یہاں پر کوئی آدمی ہی نہیں؟" عطیہ نے پوچھا۔

"آدمی کس لئے؟" نمبر ۱۸۱۹ نے عطیہ سے پوچھا۔

"اس لئے کہ کوئی چوری وغیرہ نہ کرے"۔ جاوید نے کہا۔

"چوری کیا ہوتی ہے؟" منجھلا لڑکا حیرانی سے پوچھنے لگا۔

"تم نہیں جانتے" بڑا لڑکا بولا "پُرانے زمانے میں لوگ دوسروں کی چیزیں اُٹھا لیا کرتے تھے۔ اِس کو چوری کہتے تھے۔ لیکن اب تو چیزیں ہی اتنی زیادہ ہیں کہ کچھ اُٹھانے کی ضرورت ہی نہیں پڑتی"۔

" وہ لوگ ٹکٹ خرید کر نمبر ۱۱۱۳ کے پاس آ گئے۔ کئی لوگ کھڑے تھے۔ اُن کے

دیکھتے ہی دیکھتے ایک بڑی سی سفید اور چمکتی ہوئی گاڑی ہوا کی سی تیزی سے چلتی ہوئی اُن کے سامنے آکر رُکی۔

عطیہ اور جاوید کو چونکہ نمبر ۱۱۳ نے چپ رہنے کے لئے کہہ دیا تھا اِس لئے وہ کچھ کہہ تو نہ سکے لیکن یہ دیکھ کر اُن کی حیرت کی انتہا نہ رہی کہ اُس گاڑی کا نہ کوئی انجن تھا اور نہ ہی اس کے آس پاس کسی ڈرائیور کا پتہ چلتا تھا۔ لیکن پھر بھی مسافر اُسی طرح چڑھ اور اُتر رہے تھے جس طرح اُن کے زمانے میں لوگ سفر کیا کرتے تھے۔

وہ لوگ بھی اُچک کر ایک ڈبے میں بیٹھ گئے۔ وہاں پر چونکہ کچھ اور لوگ بھی بیٹھے تھے اس لئے انہوں نے تو کوئی بات نہیں کی، لیکن یہ ضرور سُنا کہ لوگ کل مریخ سے اُترنے والے راکٹ ہی کی باتیں ضرور کر رہے تھے۔

ایک بولا " اب ہماری دنیا کا خاتمہ ضرور ہے۔ مریخ والوں کا بھیجا ہوا راکٹ ہمارے ہاں کے راکٹوں کے مقابلے میں کہیں زیادہ مضبوط ہے اور سب سے بڑی بات یہ کہ مریخ کا اِنسان بغیر کسی مشین کی مدد کے ہوا میں اُڑ بھی سکتا ہے۔"

ایک دوسرے مسافر نے کہا " لیکن زیادہ حیرت ناک بات یہ ہے کہ اُس راکٹ سے دو بچے بھی اُترے تھے اور نہ جانے وہ بھی کہاں کھو گئے ہیں۔"

" ہو سکتا ہے کہ اس دنیا میں بھی مریخ والوں کے کچھ جاسوسی کے اڈے ہوں۔" نمبر ۱۱۳ نے اُن کی ہاں میں ہاں ملاتے ہوئے کہا۔

ایک آدمی نے جو پہلے بول رہا تھا نمبر ۱۱۳ کو پہچان لیا اور بڑی گرم جوشی کے ساتھ ہاتھ ملاتے ہوئے بولا " ارے پروفیسر صاحب آپ ہیں کہئے مریخ کے متعلق آپ کی تحقیق کیسی چل رہی ہے "۔

"تحقیق تو ٹھیک چل رہی ہے " نمبر ۱۱۳ نے جواب دیا " لیکن میری پریشانی یہ ہے کہ مجھے کہیں سے کچھ پتہ نہیں چلتا کہ مریخ پر کیا ہو رہا ہے "

اسی آدمی نے جواب دیا " بس آپ کی تو برسوں کی محنت ٹھکانے لگ جائے اگر کہیں سے یہ دو بچے آپ کو مل جائیں "۔

" ٹھکانے تو لگ جائے صاحب " نمبر ۱۱۳ نے ہاتھ ملتے ہوئے جواب دیا " لیکن مشکل یہ ہے کہ اوّل تو ان کا پتہ ہی نہیں ملتا اور پھر اگر کسی کو پتہ مل بھی گیا تو پولیس انہیں میرے حوالے نہیں کرے گی "۔

" یہی تو مشکل ہے صاحب کہ ہماری پولیس آج کل بھی وہی بیسویں صدی کے دقیانوسی طور طریقوں پر کام کر رہی ہے "۔

عطیہ اور جاوید نے یہ دکھانے کے لئے کہ انہیں ان باتوں سے کوئی دل چسپی نہیں ہے کھڑکی سے باہر جھانکنا شروع کر دیا۔ لیکن تھوڑی ہی دیر بعد ٹرین رُک گئی، نمبر ۱۱۳ نے اپنے ساتھ والوں سے رخصت لی اور پانچوں بچوں کو لے کر ٹرین سے اُتر گیا۔

اُن کے سامنے ایک بہت بڑا بازار سجا ہوا تھا۔ ہزاروں لوگ

طرح طرح کے ڈبوں سے لدے پھندے وہاں سے گزر رہے تھے اور ہزاروں لوگ للچائی ہوئی نظروں سے چیزوں کو دیکھتے ہوئے گزر رہے تھے۔ لیکن سب سے زیادہ حیرت ناک بات یہ تھی کہ بازار میں خریداروں کا ہجوم تو بہت زیادہ تھا لیکن دوکان داروں کا کچھ پتہ نہیں تھا۔ کئی بڑی بڑی دوکانوں پر چپراسیوں کی صورت کے دو چار آدمی کھڑے تو ضرور ہوتے تھے لیکن وہ لوگ گاہکوں سے سودا نہیں کرتے تھے بلکہ صرف یہ دیکھتے تھے کہ چیزیں قرینے اور صفائی کے ساتھ رہیں

ہر شخص جو چیز چاہتا تھا دوکانوں میں سے اُٹھا لیتا تھا اور ساتھ والی پرچی پر اُس کی لکھی ہوئی قیمت دیکھ کر ایک صندوقچی میں قیمت ڈال دیتا تھا۔ بلکہ کئی مرتبہ تو یہاں تک ہوا کہ چیز اُٹھانے والے کے پاس صرف بڑے بڑے نوٹ ہی تھے۔ اِس لئے اُس نے صندوقچی کا ڈھکنا اُٹھایا نوٹ اس میں ڈال دیا اور ریزگاری نکال لی۔

وہ ابھی ایک کھلونوں والی دُکان میں داخل ہوئے تھے کہ اُن کی توجہ بہت زوردار آواز میں ہونے والے ایک اعلان کی طرف گئی۔ انہوں نے دیکھا کہ لوگ دکانوں سے باہر نکل نکل کر یہ اعلان سُن رہے تھے۔ بہت ہی بھاری آواز میں ایک اناؤنسر کہہ رہا تھا "مریخ سے آنے والے بچے ابھی تک لاپتہ ہیں اُن کا پکڑا جانا زمین کی حفاظت کے لئے بہت ضروری ہے۔

کیوں کہ خطرہ ہے کہ وہ زمین سے مریخ والوں کو خفیہ اطلاعیں پہنچا رہے ہیں۔ اِس لئے زمین کے ہر ایک شہری کا فرض ہے کہ اُن کی گرفتاری میں مدد دے۔ اِسی لئے فیصلہ کیا گیا ہے کہ کل ساری دُنیا میں بچّوں کی گنتی کی جائے گی تاکہ یہ دیکھ لیا جائے کہ وہ کہیں کسی زمین کے رہنے والے کے پاس تو چھپے ہوئے نہیں ہیں۔ اِس گنتی میں رکاوٹ ڈالنے والے یا ٹھیک اطلاع نہ دینے والے کو سخت سزا دی جائے گی جو موت بھی ہو سکتی ہے۔"

یہ اعلان سنتے ہی بچّوں کے چہروں سے تو پریشانی ٹپکنے لگے لیکن نمبر ۱۱۳ نے بڑے اطمینان سے یہ اعلان سُنا اور چُپ چاپ بچّوں کو لے کر جلدی جلدی کھلونوں کی دکان سے باہر آگیا اور پھر ٹرین میں سوار ہو گیا۔

گھر پہنچ کر اُن سب کو یہی فکر تھی کہ عطیہ اور جاوید کو کس طرح پولیس کے چُنگل سے بچایا جائے۔ کیوں کہ وہ یہ جانتے تھے کہ پولیس کے آدمی ایک ہی وقت میں ہر جگہ پہنچ سکتے ہیں۔

"لیکن چچا جان اگر یہاں پر چوریاں نہیں ہوتیں تو پولیس کس لئے رکھی جاتی ہے؟" جاوید نے نمبر ۱۱۳ سے پوچھا۔

چچا جان کا لفظ سُن کر نمبر ۱۱۳ کی آنکھیں ڈبڈبا آئیں اور اس نے بڑھ کر اُن دونوں کو چوم لیا۔ "دیکھو جب میں کل تم لوگوں کو اپنے گھر لایا تھا تو میرے دماغ میں صرف ایک ہی خیال تھا کہ تم لوگ مجھے مریخ تک پہنچنے میں بہت

مدد دے سکتے ہو۔ لیکن اب تو مجھے یوں لگتا ہے کہ تم دونوں میرے اپنے بچے ہو۔ ہاں تو میرے بچو پولیس اس لئے رکھی جاتی ہے کہ آدمی ہمیشہ ڈرتا ہے، پُرانے زمانے میں لوگ اپنے پڑوسیوں سے ڈرتے تھے اور آج کل بھی ہم لوگ اپنے پڑوسیوں سے ڈرتے ہیں اور ان ہی کے ڈر کے مارے پولیس کے اتنے زبردست انتظامات ہوتے رہتے ہیں۔ لیکن بہت زیادہ ضروری بات یہ ہے کہ تمہیں پولیس کے پنجے سے کیسے بچایا جائے "

اُس کا بڑا لڑکا بول اُٹھا " پاپا کیوں نہ ہم کل جھولتے شہر کی پک نِک کا پروگرام بنالیں "

نمبر ۱۱۲ نے جواب دیا " تم بھی بالکل گدھے ہو۔ اگر پولیس یہاں پر سب بچوں کا حساب کرے گی تو کیا جھولتے شہر پر نہیں کرے گی "

" لیکن آبا " ۱۸۱۹ نے ۱۱۲ کو بیچ ہی میں ٹوک دیا " ان کے تو نمبر بھی ہیں اور ان پر تو آپ نے لیبارٹری کی مہریں بھی لگادیں ہیں۔ اس لئے اب تو انہیں کوئی نہیں پکڑ سکتا "

" یہ مہریں لگانے والی بات اور بھی بُری ہوئی " نمبر ۱۱۲ نے بڑبڑاتے ہوئے کہا " کیوں کہ اب وہ لوگ مجھے بھی مریخ کا جاسوس سمجھنے لگیں گے۔ اِن ہی نمبروں کے بچے پہلے اپنے والدین کے ساتھ ہمارے پڑوس ہی میں تو رہتے تھے اور اب علاقہ نمبر ۳۸ میں موجود ہیں۔ جب ایک ہی نمبر کے

دو بچے مل گئے تو ہمارا جھوٹ پکڑا جائے گا اور پھر پریشانی یہ بھی تو ہے کہ ان بچوں کے نام تصویریں اور پیدائش کے دن یہاں کے رجسٹر میں موجود نہیں ہیں۔"

"تو پاپا پھر آپ ہی بتائیے ناکہ کیا کیا جائے" منجھلے لڑکے نے بے چین ہوتے ہوئے کہا۔

"میری تو کچھ سمجھ میں نہیں آتا کہ کیا کیا جائے" نمبر۱۱۳ نے مایوسی سے جواب دیا۔

"میرے دماغ میں ایک ترکیب آئی ہے" اس کے بڑے لڑکے نے چٹکی بجاتے ہوئے کہا "انہیں آپ چاند پر لے جائیے۔ اگر چاند پر بھی پولیس نے تحقیقات کی تو یہ لوگ ہمارے نمبر دے دیں۔ اور زمین پر پولیس، ہم لوگوں کو دیکھ کر چلی جائے گی۔"

بہت سوچنے کے بعد نمبر۱۱۳ نے کہا "تم ٹھیک کہتے ہو، میرے خیال میں اس مصیبت سے نکلنے کا صرف ایک ہی علاج ہے اور وہ وہی ہے جو تم نے بتایا ہے ——— باقی باتیں ہم کل سوچیں گے۔"

اگلی صبح ہی سے اُن لوگوں نے چاند پر روانگی کی تیاریاں شروع

کردیں۔ عطیہ اور جاوید کو تو کچھ پتہ نہیں تھا۔ لیلن نمبر ۱۸۱۹ اُچھل اُچھل کر سب تیاریاں مکمل کیئے جا رہی تھی۔ کھانے کی گولیوں کے ڈبے اور آکسیجن کی بوتلیں بھی اس نے حاصل کرلیں کیوں کہ وہ جانتی تھی کہ ان چیزوں کی چاند پر ضرورت پڑتی ہے۔ اس کے علاوہ پڑوس والوں کے ہاں سے اُس نے بہت بھاری سیسے کی نئی پیٹیاں بھی منگوالیں تاکہ انہیں پہن کر آدمی بھاری ہو جائے اور چاند پر اُڑنے نہ لگے۔

یہ سب تیاریاں مکمل ہوگئیں تو نمبر ۱۱۲ نے آواز دی "بھئی تم لوگ تیار ہو چکے ہو تو میں اپنا ہیلی کوپٹر نکالوں۔ لیکن اچانک اُس کے بڑے لڑکے کو خیال آیا کہ ابھی انہوں نے چاند پر پہننے والے خاص کپڑے تو پہنے ہی نہیں اور اُن کے بغیر تو ان کا جسم چاند کی زہریلی ہواؤں سے کٹ جائے گا۔ اس لئے وہ بھاگ کر اپنا چاند کی پک نک والا لباس نکال لایا اور اُس کی بہن نے اپنا لباس عطیہ کو پہنا دیا۔ عطیہ اور جاوید کا خیال تھا کہ چاند پر جانے والا لباس بہت بھاری بھرکم اور بہت موٹا ہوگا لیکن اُن کی حیرانی کی انتہا نہ رہی جب انہوں نے دیکھا کہ وہ لباس تو اس قدر ہلکا ہے کہ کپڑوں کے اُوپر پہننے سے اس کا وزن محسوس ہی نہیں ہوتا اور وہ اس قدر باریک تھا کہ انہیں پتہ ہی نہیں چلتا تھا کہ انہوں نے اپنے لباس یا اپنے بدن پر کوئی اور کپڑا پہن رکھا ہے لیکن اُس میں اُن کے جسم کا ہر حصّہ ڈھک سکتا تھا۔

نمبر ۱۱۳ نے عطیہ کو پیار کرتے ہوئے کہا " میں ہیلی کوپٹر لاتا ہوں، تم اُوپر کی چھت پر میرا انتظار کرو۔"

وہ لوگ اُوپر کی چھت پر چڑھ گئے اور نمبر ۱۱۳ کے تینوں بچّوں سے گلے ملنے اور بہت بہت پیار کرنے کے بعد ہیلی کوپٹر پر سوار ہو گئے۔

" تو کیا چچا ہم اسی ہیلی کوپٹر ہی میں چاند پر جائیں گے " عطیہ نے نمبر ۱۱۳ سے پوچھا۔

ہیلی کوپٹر کے اسٹیرنگ وہیل پر نظریں جمائے ہوئے نمبر ۱۱۳ بولا "نہیں بچو، یہاں سے اُس جھولتے شہر تک جس کے بارے میں میں نے تمہیں پرسوں بتایا تھا۔ ہم اِس ہیلی کوپٹر کو لے جائیں گے، ہیلی کوپٹر کو وہیں چھوڑ دیں گے اور خود "چاند میل" پکڑلیں گے۔"

" یہ چاند میل کیا بلا ہے " جاوید نے پوچھا۔

نمبر ۱۱۳ نے جواب دیا " کچھ بھی نہیں بس سو سو مسافروں کو ایک ہی وقت میں تیس ہزار میل کی رفتار پر اُڑ کر لے جانے والے خاص راکٹوں کا نام ہے جو جھولتے شہر سے چاند تک پہنچنے کے لئے خاص طور سے بنائے گئے ہیں۔"

" لیکن چچا مجھے بہت زور کی نیند آرہی ہے " عطیہ بولی " اور مجھے بھی " جاوید نے عطیہ کی ہاں میں ہاں ملاتے ہوئے کہا۔

" بات دراصل یہ ہے " نمبر ۱۱۳ نے کہا " جوں جوں ہم زمین سے دُور

اُٹھتے جائیں گے، تمہاری طبیعت بہت خراب ہوتی جائے گی، خاص طور پر متلی سے تو تمہارا بُرا حال ہو جائے گا۔ اس لئے عموماً چاند کا سفر کرنے والوں کو سفر سے پہلے سونے کی گولیاں کھلا دی جاتی ہیں تاکہ راستے کی تکلیف سے بچ جائیں۔ اس لئے تمہیں بھی سونے کی گولیاں دے دی گئی تھیں۔"

"لیکن آپ کیسے بالکل ٹھیک بیٹھے ہوئے ہیں" جاوید نے پوچھا۔

"تم سوال بہت کرتے ہو۔ جس کا مطلب یہ ہے کہ بڑے ہو کر تم سائنس داں بنو گے اور اپنے چچا کا نام خوب روشن کرو گے۔ بٹیا بات یہ ہے کہ میں دل کو ٹھیک رکھنے کی دوا کے خاص انجکشن لگوا چکا ہوں، لیکن وہ سفر کے کم از کم تین مہینے پہلے لگوانے ہوتے ہیں اس لئے تمہارے نہیں لگوائے جا سکتے تھے۔

وہ ابھی یہ باتیں کر ہی رہا تھا کہ دونوں گہری نیند سو گئے۔ کوئی آٹھ نو گھنٹے اسی طرح اُوپر کی طرف اُڑتے رہنے کے بعد ہیلی کوپٹر جبوتے شہر تک پہنچ گیا۔ جھنجھوڑ جھنجھوڑ کر نمبر ۱۱۳ نے بچوں کو جگایا۔ بڑی مشکلوں سے وہ اُٹھے تو انہوں نے دیکھا کہ ہیلی کوپٹر دھیرے دھیرے ایک بڑے سے میدان میں اُتر رہا ہے لیکن میدان کے اُوپر اور نیچے دونوں طرف آسمان ہی آسمان ہے۔ ہاں میدان میں سینکڑوں ہیلی کوپٹر بیسیوں بڑے بڑے ہوائی جہاز اور راکٹ اور ہزاروں آدمی اِدھر اُدھر گھوم رہے تھے ہیلی کوپٹر سے نیچے اُترتے ہی اُن

سے ایک بہت ہی چھوٹا ہیلی کوپٹر ان کے پاس آ کر اتر گیا اور ان میں سے پندرہ بیس لمبے چوڑے آدمی نکل آئے جنہوں نے کانوں پر وائرلیس والوں جیسے ہیڈ فون لگا رکھے تھے اور دیسی پولیس کی وردیاں پہنی ہوئی تھیں۔

اُن میں سے ایک آگے بڑھا اور نمبر ۱۱۲ کو مخاطب کرتے ہوئے بولا "شہری نمبر ۱۱۲ ہمیں افسوس ہے کہ ہمیں آپ سب کو سرکاری حراست میں لینا پڑے گا۔"

"کیوں؟" نمبر ۱۱۲ نے لال پیلے ہوتے ہوئے غصّے سے پوچھا۔

"اس لئے کہ ابھی ابھی ہمیں زمین سے بذریعہ وائرلیس اطلاع ملی ہے کہ اس ہیلی کوپٹر میں مریخ سے آنے والے بچّے سفر کر رہے ہیں" پولیس افسر نے جواب دیا۔

"سب بکواس ہے" نمبر ۱۱۲ نے جواب دیا "یہ تو میرے اپنے بچّے ہیں۔ میں نے لیبارٹری میں اپنے ہاتھ سے انہیں ٹیوبوں میں سے نکالا ہے۔"

"اگر یہی بات ہے تو ہمیں ان بچّوں ہی سے پوچھ کر تسلّی کر لینے دیجئے" پولیس افسر نے نرمی کے ساتھ جواب دیا۔

"شوق سے تسلّی کیجئے" نمبر ۱۱۲ نے عطیہ اور جاوید کی طرف دیکھتے ہوئے کہا۔

اچھا تو بیٹیا" پولیس افسر نے جاوید سے پوچھا" تمہارا نمبر کیا ہے؟"

"۱۸۱۶" جاوید نے فوراً جواب دیا۔

"بہت اچھا" پولیس افسر بولا" اور تمہارا بیٹی"

"نمبر ۱۸۱۹" عطیہ نے ایسے جواب دیا جیسے وہ پہلے ہی جواب کے لئے تیار بیٹھی تھی۔

"اچھا تو تم پڑھ رہے ہو اور آج کل کس جماعت میں پڑھتے ہو"

یہ سُن کر جاوید تو ذرا سوچنے لگ گیا لیکن عطیہ نے چھوٹتے ہی جواب دیا" پانچویں جماعت میں"۔

"کیا کہا" پولیس افسر نے کان کھڑے کرتے ہوئے کہا" تو اب تک تم کیا کرتی رہی ہو۔ تمہاری عمر کی لڑکیاں تو پندرھویں اور سولہویں میں ہونی چاہیئں"

عطیہ یہ سُن کر چپ ہو گئی اب اس نے جاوید سے پوچھا" اور بیٹیا تم کون سی جماعت میں ہو؟" جاوید نے من ہی من میں حساب کیا کہ اگر زمین کے موجودہ حساب کتاب کے مطابق عطیہ کو سولہویں جماعت میں ہونا چاہئے تو اُسے تو ضرور ہی چوبیسویں یا پچیسویں جماعت میں ہونا چاہئے لیکن پھر اسے خیال آ گیا کہ اگر پولیس افسر نے کتابیں پوچھ لیں تو کیا ہوگا۔ اس لئے اس نے کہا "جناب میں اکثر بیمار رہتا ہوں اس لئے پڑھ نہیں سکا"

یہ جواب سُن کر پولیس افسر نے غور سے ان تینوں کے اُترے ہوئے چہروں کی طرف دیکھا۔ پھر ایک قہقہہ لگا کر بولا" مریخ پر صاحبزادے ایسا ہی ہوتا ہوگا کہ بیماری کے باعث بچے پڑھ نہ سکیں لیکن ہماری زمین پر ایسا نہیں ہوتا، کیوں کہ اوّل تو کوئی بچہ بیمار ہی نہیں ہو سکتا اور اگر وہ بیمار ہو بھی جائے تو بستر میں لیٹے لیٹے پڑھ سکتا ہے۔ بہر حال اب تم ہماری حراست میں ہو اور اگر کسی نے بھی بھاگنے کی کوشش کی تو گولی سے اڑا دیا جائے گا، سپاہیوں گرفتار کر و انہیں۔"

نمبر ۳۱۱ نے بہت کوشش کی کہ انہیں سمجھا سکے کہ وہ مریخ کے جاسوس نہیں ہیں بلکہ زمین کے ہی بچے ہیں لیکن پولیس افسر پر کوئی اثر نہیں ہوا اُس کی صرف ایک ہی ضد تھی کہ اگر ان لوگوں کو کچھ کہنا ہے تو وہ فوجی عدالت کے سامنے کہہ سکتے ہیں۔ لیکن وہ خود انہیں ہرگز ہرگز رہا نہیں کرے گا۔

" وہ سامنے پولیس کا جہاز تیار ہے بہتر رہے گا آپ لوگ خود ہی اس میں سوار ہو جائیں تاکہ طاقت استعمال کرنے کی ضرورت ہی نہ پڑے۔"

اس نئی مصیبت میں گرفتار ہونے پر قریب تھا کہ عطیہ کی آنکھوں سے آنسو نکل پڑتے لیکن جاوید اور نمبر ۳۱۱ نے اُسے گھور کر اور پچکار کر چُپ کروا دیا کیوں کہ وہ جانتے تھے کہ ایسے موقعوں پر رونے دھونے سے کوئی فائدہ نہیں ہوتا ———

ہیلی کوپٹر میں بیٹھتے ہی جاوید نے نمبر ۳۱۱۲ سے پوچھا اب یہ لوگ ہمیں کہاں لے جائیں گے؟

"جیل میں اور کہاں" عطیہ نے پہلے ہی جواب دے دیا۔ لیکن نمبر ۳۱۱۲ یہ جواب سُن کر ہنس پڑا۔

"کچھ پتہ نہیں میرے بیٹے کیوں کہ ہمارے ہاں جیل ہی نہیں رہے۔ اب اگر آدمی کوئی قصور کرتا ہے تو اُسے اُس کے اپنے ہی گھر میں بند کر دیا جاتا ہے۔ بلکہ وہ خود ہی اپنے گھر میں بند ہو جاتا ہے۔ لیکن میرا خیال ہے کہ ہم لوگوں کو یہ لوگ کسی اور جگہ بند کریں گے"۔

کچھ دیر بعد نمبر ۳۱۱۲ نے ہیلی کوپٹر کے سامنے شیشے میں سے دیکھا کہ وہ نیچے اتر رہا ہے۔ "تو یہ لوگ جھولتے شہر نمبر ۱۷ میں اُتر رہے ہیں"۔

یہ ایک بہت چھوٹا سا شہر تھا جو یہ محسوس ہوتا تھا کہ ہوا میں لٹکتا ہوا جزیرہ ہے۔ یہاں پر اُترتے ہی ان لوگوں نے زبردست شور سُنا "مرّیخ کے بچے پکڑے گئے۔ زمین تباہی سے بچ گئی۔ مرّیخ کے بچے چاند کی طرف بھاگتے ہوئے پکڑے گئے۔ پولیس انسر ۲۱۱۲ کی بے پناہ ذہانت کا کمال"۔

"تو یہ سب لوگ ہماری ہی گرفتاری کی خوشیاں منا رہے ہیں" عطیہ بولی "اس کا مطلب یہ ہے کہ یہ ہمیں مار ڈالیں گے"۔

"نہیں مار تو نہیں ڈالیں گے۔ لیکن یہ ضرور پوچھیں گے کہ تم کون

جواور کہاں سے آئے ہو" نمبر۱۱۳ نے جواب دیا۔

"یہی تو مصیبت ہے کہ اگر ہم سچ بھی کہہ دیں تو کوئی یقین نہیں کرے گا۔"

ہوا بھی یہی۔ جھولتے شہر میں ایک بہت بڑی سی خالی عمارت میں انہیں اتارنے کے بعد اُن کے پاس ایک پولیس افسر آیا اور اُس نے اِن دونوں سے اُن کا اتا پتہ پوچھا۔ جاوید نے سچ سچ سارا قصہ بتا دیا۔ لیکن افسر کو بالکل یقین نہ آیا کہ اُن کی کہانی میں ذرا بھی سچائی ہے۔ اس کے خیال میں تو نمبر۱۱۳ بھی مریخ کا جاسوس تھا اور فوراً ہی ساری زمین پر یہ خبر پھیل گئی کہ مشہور سائنس داں نمبر۱۱۳ بھی مریخ کے بچوں کے ساتھ مریخ کی جاسوسی کرنے کے جرم میں گرفتار ہو گیا ہے۔

نمبر۱۱۳ نے بہتیرا کہا کہ یہ بچے زمین ہی کے ہیں لیکن کوئی اس کی بات بھی نہیں سنتا تھا کیوں کہ مصیبت یہ آن پڑی تھی کہ اب تک تمام شہروں اور ملکوں کے نام قطعاً تبدیل ہو چکے تھے اور بچوں کو سوائے اپنے ابا کے کسی اور شخص کا نام یاد نہیں تھا۔

زمین والوں پر مریخ والوں کا اس قدر خوف طاری تھا کہ وہ لوگ پہلے ہی سے اس بات کا فیصلہ کئے بیٹھے تھے کہ یہ بچے مریخ کے جاسوس ہیں اور ایسی کوئی بات سننا نہیں چاہتے تھے جس سے یہ ثابت ہو کہ یہ بچے

مریخ کے جاسوس نہیں ہیں۔

آخران سب کے رونے چلّانے کے باوجود فوجی عدالت نے یہ فیصلہ کرہی دیا کہ نمبر ۱۱۲ کو جاسوسی کے جرم میں دس دن بعد گولی سے اُڑا دیا جائے لیکن عطیہ اور جاوید چوں کہ چھوٹے بچّے ہیں اِس لئے انہیں قید ہی میں رکھا جائے۔ بیچارا نمبر ۱۱۲ تو اپنا سر پکڑ کر بیٹھ گیا کہ اُس نے تو اپنے ہی ملک کے فائدے کے لئے اپنے طور پران بچّوں سے فائدہ اُٹھانا چاہا تھا اور یہ لوگ ہیں کہ اُسے مارنے لگے ہیں لیکن جاوید نے ہمّت نہیں ہاری کیونکہ اُسے یقین تھا کہ عین آخری موقعہ پر کچھ نہ کچھ ہو کر رہے گا۔ جہاں ان تینوں کو رکھا گیا تھا اس کمرے میں بھی ٹیلی وژن تھا جس پر دن میں کئی بار انہی لوگوں کے متعلق خبریں نشر ہوتی تھیں۔ حتیٰ کہ اب تک زمین پر رہنے والے ہر شخص کو یہ پتہ چل گیا تھا کہ یہ بچّے کیسے ہیں کتنی عمر کے ہیں اور اُن کی شکل و صورت کیسی ہے۔ لیکن ایک روز خبریں سُنتے سُنتے انہوں نے ایک بہت ہی عجیب خبر سُنی کہ علاقہ نمبر ۷ کے بیچ میں پہاڑیوں میں بہت بڑے غار کا پتہ چلا ہے جس کی تہوں کے نیچے سے ایک بہت بڑی لیبارٹری نکلی ہے جس میں سے پُرانے زمانے کے راکٹ بنانے کے آلے بھی برآمد ہوئے ہیں۔"

"ہو نہ ہو یہ اسی سائنس داں کی لیبارٹری ہے۔" جاوید نے کہا۔ لیکن اس کی بات کون سُنتا تھا

ایک دو روز بعد اسی پوشیدہ لیبارٹری کے بارے میں اور خبریں بھی آنا شروع ہو گئیں۔ یہ بھی پتہ چلا کہ یہاں پر ایک سائنس داں رہتا تھا جو ساری زمین کو تباہ کر دینا چاہتا تھا لیکن زمین والوں کو پتہ لگنے پر اپنے آس پاس کے علاقے کو بھیانک بموں سے تباہ کر کے کسی دُور دراز ستارے کی طرف بھاگ گیا تھا۔

لیبارٹری کے ساتھ ہی ساتھ اُس کے آس پاس کے علاقے کی کھدائی بھی شروع ہو گئی۔ عطیہ اور جاوید نے نمبر ۱۱۳ کی مدد سے پولیس افسر کو راضی کر ہی لیا کہ وہ لوگ پولیس کی نگرانی میں اُس علاقے میں جا سکتے ہیں اور پولیس افسر نے بھی یہ کہہ دیا کہ اگر وہ اپنے پُرانے گھر اور لیبارٹری کے بارے میں ٹھیک ٹھیک پتہ دے سکتے ہوں تو انہیں رہا کر دیا جائے گا۔

عطیہ اور جاوید نے سوچا کہ اب تو اُن کی رہائی بہت قریب ہے کیونکہ وہ ہر ایک جگہ کو ٹھیک طریقے سے پہچان جائیں گے۔ لیکن وہاں پہنچنے پر مشکل یہ آن پڑی کہ تباہی اور بربادی کے باعث کوئی چیز پہچانی ہی نہیں جاتی تھی۔ قریب تھا کہ پولیس انہیں واپس لے جائے کہ اُن لوگوں کی نظر ایک اُسی قسم کے راکٹ پر پڑی جس قسم کا راکٹ اُن کے پاس تھا۔ وہ پہاڑ کی ایک گہری سی غار میں بہت خستہ حالت میں پڑا تھا۔ اور ماہرینِ آثارِ قدیمہ کی کئی ٹولیاں بڑی دل چسپی سے اُس کا معائنہ کر رہی تھیں لیکن اُن کی کچھ سمجھ

یں نہیں آتا تھا کہ یہ کیسے چلتا تھا اور کس چیز سے چلتا تھا۔

جاویدنے ان لوگوں سے کہا کہ اگر اجازت ہو تو اسے چلاکر دکھا سکتا ہوں "پگلے ہوئے ہوگیا" سب ہی بڑے بوڑھوں نے ایک زبان ہوکر جواب دیا۔

" نہیں " وہ بولا " پاگل پن کی تو اِس میں کوئی بات نہیں مجھے دیکھنے دیجئے کہ لیبارٹری میں اُس کے ریڈیو کنٹرول کا سسٹم موجود ہے یا نہیں ہے۔"

اس ٹوٹی پھوٹی لیبارٹری میں وہ لوگ دوبارہ گئے تو اُس میں اب تک ریڈیو کنٹرول کی سوئی موجود تھی جاوید نے عطیہ کو اس کے پاس بٹھا دیا اور خود راکٹ کو دیکھنے لگ گیا۔ اس میں اس قدر مٹی اور گرد وغبار جمع تھا کہ کچھ پتہ نہیں چلتا کہ فلاں پرزہ کہاں ہے لیکن پھر بھی جاوید نے اُس کا اُڑنے کا بٹن ڈھونڈ ہی نکالا۔ اُس بٹن کے ملتے ہی اس کے دبانے کی دیر تھی کہ دروازہ زور سے بند ہوا اور راکٹ بہت شور کے ساتھ اُوپر اُٹھنا شروع ہوگیا۔ حیرت خوشی اور ڈر کے مارے وہاں پر اکٹھے لوگوں کی چیخ نکل گئی۔ دیکھتے ہی دیکھتے راکٹ آنکھوں سے اُوجھل ہونے لگا۔ لیکن جاوید نے دوسرا بٹن دبا کر اُسے فوراً ہی نیچے اتار لیا۔ لیکن زیادہ بہتر اور کھلی جگہ پر۔

" اب تو آپ کو یقین آگیا ہوگا کہ ہم لوگ آپ ہی کی زمین کے رہنے والے ہیں " جاوید نے راکٹ سے اُترتے ہوئے پولیس کے سب سے

بڑے افسر سے کہا "یہ تو ٹھیک ہے کہ تم یہ راکٹ چلانا جانتے ہو لیکن اس بات کا کیا ثبوت ہے کہ تم واقعی اس زمین کے رہنے والے ہو اور آج سے سو سال پہلے کے بچے ہو"

جاوید تو یہ سُن کر چُپ ہو گیا۔ لیکن اچانک اس کی کمر کے پیچھے سے ایک ہانپتی کانپتی آواز آئی "اس کا ثبوت یہ رہا" آواز ہی سے جاوید سمجھ گیا کہ یہ نمبر ۲۱۱ کی آواز ہے جسے عطیہ اور جاوید کے ساتھ ہی پولیس کی نگرانی میں اس علاقے میں کام کرنے کے لئے رہا کیا گیا تھا۔

اس کے ہاتھ میں ایک پرانا سا سوٹ کیس تھا۔ جس کے اُوپر جاوید کے ابا کا نام لکھا ہوا تھا۔ "ہیں یہ کیا" جاوید بولا۔ لیکن نمبر ۲۱۱ نے اُس کو جواب نہ دیتے ہوئے پولیس افسر سے کہا" میں آثارِ قدیمہ کے ماہروں کے ساتھ پُرانے مکانوں کی کھدائی میں مصروف تھا کہ مجھے یہ سوٹ کیس ہاتھ آ گیا ہے۔ اس میں جو چیزیں ہیں ان سے ان دو معصوم بچوں کی بے گناہی ثابت ہو جائے گی"

بڑی احتیاط کے ساتھ اس نے سوٹ کیس کھولا تو اس میں اُوپر ہی ایک تصویر پڑی تھی جو بالکل دھندلا چکی تھی لیکن پولیس افسر نے آثارِ قدیمہ کے ماہروں کے پاس خاص قسم کے شیشوں کی مدد سے اُسے پہچان لیا۔ اِس تصویر میں عطیہ کو اُس کی امی نے گود میں اُٹھایا ہوا تھا اور جاوید اپنے ابا کی اُنگلی پکڑے کھڑا تھا۔

پولیس افسر نے غور سے پہلے تصویر کی طرف اور پھر عطیہ اور جاوید کی طرف دیکھا "تو یہ جادو کی کہانی سچ ہی معلوم ہوتی ہے" وہ بولا۔

نمبر ۱۱۳ نے سینہ تان کر کہا "زمین والوں کا یہ ہمیشہ سے قاعدہ رہا ہے کہ جو اُن کا بھلا چاہتا ہے اُسے وہ سولی پر لٹکا دیتے ہیں۔ یہی حال تم میرا اور اِن بچوں کا کرنے والے ہو"

[illegible] پولیس [illegible] بچے کہاں ہیں یہ تو ہمارے بھی بزرگ ہیں۔ اچھا [illegible] یہ ہے کہ مرّیخ کے حملے کے خلاف حفاظتی تدبیروں میں ان بوڑھے بچوں سے مشورہ لیا جائے"

ٹیلی ویژن اور ریڈیو کی مدد سے چند ہی گھنٹوں میں زمین کے کونے کونے میں یہ خبر پھیل گئی کہ مرّیخ سے آنے والے بچے دراصل زمین ہی کے بچے ہیں اور ان کی عمر دس اور بارہ سال نہیں بلکہ ایک سو دس اور ایک سو بارہ سال ہے

سب سے حیرت ناک بات تو یہ تھی کہ مرّیخ کے حالات کے بارے میں عطیہ اور جاوید نے جو انکشافات کئے اُس نے زمین والوں کے دل سے مرّیخ والوں کا خوف ہی ختم کر دیا۔ اور اب زمین کے بڑے بڑے سائنس داں جاوید کے صلاح مشورے کے ساتھ عطیہ اور جاوید ہی کے راکٹ پر مرّیخ پر پہنچے اور اس کے آس پاس کے ستاروں پر قبضہ کرنے کی تیاریوں میں مصروف ہو گئے۔

(ختم شد)